第十三屆
全球華文文學星雲獎
報導文學
得獎作品集

在我們這個時代

鮑家慶
曾昭榕
王筠婷
著

目次

第十三屆全球華文文學星雲獎
短篇歷史小說得獎作品集——在我們這個時代

總序

李瑞騰

全球華文文學星雲獎的設立，乃緣於星雲大師對文學的熱愛與期待。他曾表示，在他學佛修行與弘揚佛法的過程中，文學帶給他智慧和力量；他自己也日夜俯首為文，藉文學表達所悟之道。因為他深知文學來自作家的人生體會，存有對於理想社會不盡的探求，也必將影響讀者向上向善，走健康的人生大道。

我幾次聆聽大師談他的閱讀與寫作，感覺到他非常重視反思歷史的小說寫作以及探索現實的報導文學，而這兩種深具傳統的文類，在當代文學輕薄短小的社會風潮中，已日漸式微，尤其是二者的難度都高，且欠缺發表園地，我們因此建議大師以這兩種文類為主來辦文學獎；而為了擴大參與，乃加上與生活息息相關的人間佛教散文。大師認同我們的想法，這就成了這個文學獎的主要內容。此外，大師來台以後，數十年間廣結文壇人士，始終以誠相待，他喜愛文學，尊敬作家，於是設了貢獻獎，表彰在文學領域長期持續耕耘，且具有累積性成就的文學工作者。

星雲大師將其一生筆墨所得成立公益信託基金，用在廣義的文教上面。這個文學獎的經費就來自這個基金，筆墨所得而用之於筆墨，何其美善的人間因緣，曾深深感動了我。至於以「全球華文文學星雲獎」為名，意在跨越政治與區域的界限，有助推動以華文為媒介的文學。從二〇一一年創辦以來，由專業人士組成的評議委員會獲得充分的授權，站在文學的立場上，嚴謹而有效地推動行政程序，實踐文學民主，進行得相當順利。我們通常會在年初開會檢討去年辦理情況，也針對本年度相關作業進行討論，除了排定推動時程，更會針對如何辦好文學獎的每一個環節，進行廣泛討論，特別是評審和宣傳問題。

二〇一七年，我們在充分討論之後決定增設「人間禪詩」獎項。詩旨在抒情言志，禪則靜心思慮，以禪入詩，是詩人禪悟之所得，可以是禪理詩，也可以是修行悟道的書寫，正好和「人間佛教散文」相互輝映。幾屆下來，成績不錯，得到評審委員的讚歎。

二〇一九年，評議委員會決議將歷史小說分成長篇和短篇，等於是增設短篇歷史小說；說是短篇，其實是二、三萬字，辦了幾屆以後，我們信心倍增。此外，我們也設立了「長篇歷史小說寫作計畫補助專案」，每年補助兩個寫作計畫，增加誘因，擴大參與，吸引不少海內外華文作家參與。幾屆下來，獲獎計畫之執行成果依規定送審，皆如期結案，至於出版的事，由作者自行處理，現已出版者，評價都相當正面。

這個大型文學獎已然果實累累，每一年我們都趕在年底贈獎典禮之前出版得獎作品集，但得獎的長篇歷史小說，我們讓作者自行尋找出版的機會，盼能接受市場及讀者的考驗，提高其能見度及流通量。特別感謝歷屆評審委員的辛勞，他們在會議上熱烈討論、激辯，有讚歎，有惋惜，就只為選出好作品，讓我們感動；評選出來，決審委員還要認領得獎作品評審意見、得獎作品集的序文之撰寫；相關事務，如評審行政、贈獎典禮的舉辦等，有勞信託基金同仁的細心處理；作品集的出版，有賴佛光文化執事同仁的高效率，於此一併致謝。

（本文作者為全球華文文學星雲獎主任委員，國立中央大學人文藝術中心主任、中大出版中心總編輯。）

序——小說味與歷史感

林黛嫚

短篇歷史小說此一語彙有三層意義，短篇、歷史、小說，「短篇」是指作品的篇幅，在徵件簡章規定得很清楚，為兩萬至三萬字；「歷史小說」則可以用漢語語法的偏正詞組來解釋，小說是主體，歷史是對主體的修飾，也就是說，「歷史小說」是以歷史人物和歷史事件為描寫主題的小說。且因為「小說」是主體，所以是不是一部好小說，有沒有小說味，就成為東華大學朱嘉雯教授、小說家永樂多斯和我三位評審委員建立共識的評選標準。

以此原則來檢視二〇二三年星雲文學獎短篇歷史小說類進入決審的七篇作

品，有幾篇是寫得很好的短篇小說，但在歷史感的部分，則有的或者歷史事件並不明確，或者主要人物並非歷史人物，很難以歷史小說來框架，只得割愛。更重要的是，有幾部作品明顯是從長篇作品中擇出一段來參賽，雖有故事大綱佐助，仍然產生前文、後語交待不清的狀況，讓讀者無法捉摸出創作意圖。最後決審委員決議首獎從缺，只取貳獎、叁獎，另推薦一篇佳作。

年輕一代很受歡迎的小說家瀟湘神曾以直接明白的文句詮釋歷史小說，他說：「做為一個現代人，我去寫不存在的歷史故事，其實我想要建立的是我們這個時代怎麼看待歷史的『觀點』。所以它不一定要是真實發生的一個事件，只要是建構在那個時空之下，然後透過這個管道，讓我們這個時代認識那個時代可能是什麼樣子，那就足夠了」，藉由虛構的小說筆法書寫可能不存在的歷史故事，只要能讓這個時代的讀者認識那個時代就夠了。

獲得貳獎的〈刀筆吏〉帶著強烈質疑和反省史實的意味，寫漢代班、竇等世家的故事，而以班超為敘寫中心。漢代的歷史在歷代史家筆下敘述明確，流傳至今，作者能擇出其中一段，加以新詮，視角及敘述方式都有創意，引人入勝，寫出一般讀者不熟識的班超及其家族，果如作者所說，「手稿結束於此，但東漢人物此後呈現新面貌」。

獲得叁獎的〈平戶啼血〉以一六五七年越南崑崙島外海發生的布略克倫號劫掠事件為基礎開展，小說由鄭氏商船遭荷蘭劫掠，鄭氏代表到日本長崎奉行所控訴開始，以幕府飭令荷蘭賠償損失並在日後不得對唐船劫掠告終，不但讓讀者了解日本奉行所的組織、荷蘭商船海盜行為、華人在日本經商面貌，更努力刻畫出故事主人翁如何與在地華人團結一心，以理、以智、以情贏得訴訟。本作文字優美而有畫面感，可惜如同作者自承本作是《海道》系列小說中的一篇，背景複雜、人物事件繁多，無法在此篇幅內結構完整。

正獎之外，三位評審委員一致推薦〈海上生明月〉，海上絲綢之路是中國通往世界其他地區的海上通道及主要貿易路線，銜接東亞、西亞和歐洲，將世界不同的文明連結起來，對整個人類文明史產生重要影響。本作奠基在此歷史基礎，以一個移民家庭的小歷史對照眾多華人的遷移史，寫父子親情，寫佛法修行，內容豐富，題材新穎，文字與結構到位，為讀者勾繪生活在吉蘭丹的移民面貌。也為這條海上絲路留下鮮明印記。

「海生的屋終於成形了，沒有人比海生更清楚它們原來的樣子。」是的，只有真正走過的人才清楚那行經的路徑。

以上獲獎作品小說味與歷史感俱足，首獎從缺，也為短篇歷史小說的寫作樹立一個更高的標竿。

貳獎

第十三屆
全球華文文學星雲獎
短篇歷史小說

刀筆吏

鮑家慶

青銅視覺藝術，編劇

學歷

交通大學科技法律研究所碩士

經歷

二〇一七海峽兩岸青少年創客大賽三等獎：Ikat-R-Us古法創新印線機
二〇二三衛生福利部捐血超過六百次績優表揚

刀筆吏

前言

古書不好賣。線裝書動輒十多冊、上千頁。真品難免有瑕疵，字字都可能是漏網地雷。評鑑難，商品品質不透明，好書就賣不了好價錢。人工智慧興起後，開始有電腦掃描古書鑑價。某實驗室發現一套塵封孤本，這份漢代手稿的宋抄本雖不改變歷史，卻為歷史打開另一個面向。

東漢朝廷被外戚和宦官輪流把持，作者雖是世家子弟，家族卻不受命運眷顧。春秋出過宰相、秦朝出過巨富、西漢末有女入宮，階級僅次皇后。多次有機會進入強者圈，卻被命運踢出去。

新莽後期亂世，作者父親被某軍閥世家重用，還讓劉秀親自挖角。瓜強扭下來了，瓜主人還是能讓瓜掉在地上。等到這位奇才得到機會，生命已近尾聲。他的孩子所站的起跑點，也不特別好。

他的長子克紹箕裘繼續著作，雖然被奸人陷害，還是得到入宮修史的工作，讓生活安定下來。

次子是手稿作者，從小看不起文人鬼扯，不願當抄書糊口的刀筆吏，便投靠軍閥家的另一位武將到西域打天下。武將替他找了個謹小慎微的長官，後來才知道謹慎是保護色。這人因為多次絕處逢生而嶄露頭角，卻不願終身當家臣。計畫讓自己失敗，好讓軍閥放棄他。歷史人物開始呈現厚度。

只要任務成功，被人頂功以後，自己無能也可逃過處分。軍閥得到王牌，就可能拋棄爛牌。因為次子的父親曾是軍閥家臣，比他了解這個武將。最好兩人能演一場主官昏庸，副官立功的戲。

原以為這是個三寸不爛之舌的外交任務，到西域才察覺踏入死亡陷阱。史書說西域國王態度不佳，讓副官及時警覺。其實他們一直享受國賓待遇，副官靠自己的情報網得知匈奴埋伏。主官決定動武，副官想逃。因為大多數人都想立功回家，副官只好硬著頭皮合作。

一夜廝殺後，兩人各得所需。他們串出來的故事，就是正史。一人回雒陽尋求全身而退；另一人用最少軍力留在西域，不依賴於人就不受制於人。前者消失在時光中，後者千古留名，兩人都得到自由。

次子在軍閥勢力不及的西域活躍，另一個西域王小看他，他就砍了裝神弄鬼御用巫師的頭。過去抄書犯錯，用青銅刀刮去錯字，這叫「刀筆吏」。他在西域寫歷史，對大漢不正確的東西，就用精鋼環首刀抹去，還是刀筆吏。

他的哥哥在中原當文人，奉命主持學術會議，結論是什麼呢？天降災異等同儒家經典。別人想聽什麼，他就寫什麼。

手稿結束於此，但東漢人物此後呈現新面貌。

世家大族力可敵國，稱帝兩百年的劉家，也鬥不過源於春秋的世家。軍閥家族無法無天，罪證確鑿後非但治不了罪，還要發動戰爭讓世家子弟戴罪立功。

母喪來不及守孝，長子被軍閥家的晚輩帶去出征當隨軍文膽。

嘗到勝利苦果的是東漢，大敵滅亡後，異族盟友成了新患。軍閥毀了作者父親安排的平衡，還要他的長子作文立碑耀武揚威。一切都源於有個皇帝不顧軍閥家族兩代作惡多端，娶了家族女兒當皇后，讓她的兄弟雞犬升天。

宦官協助幼帝揭發軍閥謀反，賜死世家子弟後，這個長子被人挾怨報復，入獄後就出不來了。

稱心快意，幾家能夠？次子得到侯位，後代免於寄人籬下。他的三子卻在戰役中因為別人搶功而受罰入獄。長子生的長孫與皇室聯姻，殺了紅杏出牆還囂張跋扈的公主，被判腰斬，同母兄弟斬首棄市。食邑千戶的小爵位只維持了半個甲子，家就滅亡了。

往權力的路上，滿是新手的墓碑。他們兩代依靠的軍閥家族部分受損，還和皇室互相利用，繼續存在。越來越難駕馭天下的，反而是新手劉家。劉家瓦解後，失去最多的正是這個軍閥家族。

一　風雲

深夜裡，微風帶來烤羊的腥羶。班超孤身躺在長滿雜草的小丘後面，看著寂靜的星空。目標處傳來微弱的狗叫聲，不久後他聽到有人從營帳裡罵罵咧咧出來。罵什麼聽不清楚也聽不懂，他只聽到狗在哀叫。

緊張害怕也無法抑制躍躍欲試的心情，但他只能繼續躺著。

好亮！眼睛習慣微光後，看到的星星越來越多，他開始擔心星光是敵是友。說起運籌帷幄、深謀遠慮，沒人比得上郭恂。這些問題郭恂早想過了，也都對班超分析過，兩個人還辯論過。班超明白人不能只靠一兩次走好運，就賺來別人口中的「敬小慎微」。但是當他扛起任務時，還是止不住擔憂。他能做的就是判斷出擊的時間，而且禱告雲別遮蓋星光，因為風和雲才是最大的麻煩。這也是郭恂教的，而且是半個時辰後才要面對的問題。

看到星星，不代表就能看到星光下的人。班超壓低身體望著隊員的方向，漆黑中連野草都看不到。弟兄們同樣躺平，不敢動，也不敢出聲。只有靠西邊一個大鬍子，因為視力最好，不時從草叢後露出半個頭觀察敵情。敵人最鬆懈的時候，就是發動攻擊的時候。

班超西邊一處陰暗草叢後面，躺著另一個孤獨的人。時間差不多了，他小心翼翼拿起一根很短的短笛，有一搭沒一搭躺在地上小聲吹著聽不到的聲音。狗又叫了，出來的人罵得更難聽。這人什麼都不查看，衝出來就打狗，狗的慘叫，埋伏的人全都聽到了。

班超看不到吹笛人做了什麼事，只能靠敵營的反應評估時機。他開始後悔年輕時在昏暗的燭光下抄寫小字，如今視力模糊，不值得啊！

如果這是他生命的最後一個時辰，他還會後悔什麼呢？

他有點後悔沒去記弟兄們的名字，他連草叢後的大鬍子姓什麼都不知道。這個不知道叫什麼的人，就是他的眼睛。太陽出來時他是死是活，都看這個人能不能看清楚。他居然叫不出這個人的名字。

黑夜裡，冷風中埋伏在草叢裡的三十幾個人，他一個都不認識，這些人竟然還願意聽他瞎指揮。想到就好笑。他們就那麼想快點立功，回去升官嗎？帶兵竟然如此輕鬆，如果還能看見陽光，他要問問郭恂，怎麼能兩天記住所有人？而且他牢記的是剛出發時的一百多人，真是「敬小慎微」。

以敵營為中心，突擊隊在南，吹笛人在西，班超在吹笛人旁邊不遠處監視兩邊的行動。

營地靜下來了，風向正確，天空無雲。又等了一段時間，他摸索著撿到一根綁有細草繩的木棍，輕輕拉了兩下，很快另一邊就回拉。確定對方有反應後，班超開始下無聲的指令。

隊伍中間，幾個人朝敵營方向立起遮蓋三面的黑木板，躲在後面點燃事前削出很多絲的木棍。他們先讓木棍緩慢燃燒，攻擊時才會放上油布，讓木棍變成火炬。

班超拉另一根草繩，通知吹笛人停止騷擾。吹笛人躺了下來，什麼都不做，品味深夜最後的一點寧靜。

屋賴帶！營裡的指揮官叫屋賴帶！他的副手叫比離支！

這樣的會面真意外！班超不止一次聽到這個名字，還聽人描述過他的相貌。據說他和郭恂交過手，但郭恂什麼都沒講。他期待兵戎相見時，屋賴帶能一眼認得他，但是班超清楚自己沒那個分量。他輕拉五下草繩，下令突擊隊預備，他們也回了相同的信號。每個人的手都放在刀把上，弓弩手早就出發，他們已經沒有回頭路。一切都準備好了嗎？班超的思緒開始發散。他開始希望鄯善人的禱告能幫上他們。這已經變成了胡思亂想，他必須專心在眼前的事情上。

班超在黑暗中摸索，左手找到身旁的環首刀，從一慢慢默數到一百。再發一次信號，全員就會向敵營匍匐前進。他們會在敵營外點燃火把，衝殺進去。月亮升起前，他要一邊直視屋賴帶的眼睛，一邊聽他慘叫。

而且也要讓郭恂看到、聽到。

二　虎

班超（三二—一〇二），陝西扶風人，東漢名將。出生時他的家族已有八個世紀的歷史。雖是官宦世家，沒有封邑就沒錢沒地位。本來新朝（九—二三）末年的群雄亂鬥是個翻身機會，班超的父親班彪（三—五四）跟錯人就幾乎浪費了一生。這個家庭人人著作等身。班彪編寫《史記後傳》（已佚，部分併入《漢書》）。其兄班固（三二―九二）編寫《漢書》大部分內容。妹妹班昭（四九―一二〇）接力完成《漢書》。一家文人當中，班超中年投筆從戎，到西域組織親漢勢力，為大漢「斷匈奴右臂」。

班家來自西元前八世紀，春秋時代楚國「芈」（ㄇㄧˇ）姓的若敖氏大家族。若敖是西周末、東周初的一位楚王，這是他死後的謚號。若敖有個兒子叫鬬伯比（氏名為鬬ㄉㄡˋ），這個兒子又生了一個叫鬬穀於菟的孩子，後來成為楚國賢相。據說楚語的乳為「穀」（ㄍㄨˇ），老虎為「於菟」（ㄨ ㄊㄨˊ），「穀於菟」就是「虎奶」。傳說他從小遭遺棄，在荒野被母老虎養大，長大後才返回人類社會。

鬬穀於菟之後，至少有六代鬬氏在楚國為官。但就在鬬穀於菟的下一代，若敖氏的另一個支系發動叛變，被後世尊為春秋五霸之一的楚莊王平定。這個家族就慘了。雖然鬬穀於菟的孫輩後來恢復官職，家族早已由盛而衰。楚語的老虎也叫「班」。不知什麼時候，他們的後代便以班為姓氏。

西漢成帝時，班彪的祖父班況有個才貌雙全的女兒被選入宮，排名僅次皇后。她沒留下名字，只能根據位號叫她班婕妤。班婕妤地位雖高，卻被趙飛燕姊妹鬥了下來。後半生服侍太后，成帝過世後為其守陵。朝不保夕、功敗垂成似乎是班家基因中的宿命。身為皇親國戚也是空。

這裡要釐清一件事：我們所說的東漢（二五—二二〇）不是獨立的朝代，而是後代為學術做的區分。東漢皇帝仍是劉邦的子孫。分成兩漢只是因為漢朝被王莽建立的新朝（九—二三）切開，分兩階段講比較方便。根據時間先後，有人稱為前後漢。也有人根據都城位置而稱西漢和東漢（戰後長安殘破不堪，劉秀便遷都洛陽，並改為雒（ㄌㄨㄛˋ）陽。五代十國期間，有個應是西域血統的冒牌貨劉知遠建立短命的後漢（九四七—九五一），因此現在多數人稱漢朝的兩個時期為東西漢。其實當時的人就說這個朝廷是漢。

班超的父親叫班彪。傳說虎一次懷孕只生兩個崽，偶爾生出個老三，就會被母親拋棄。千萬年來，無數小老虎被棄，存活者寥寥無幾。能存活的小老虎就是戰勝一切的王者之王，我們稱為「彪」。班超的父親是彪，班超從小就想超越彪。可惜小班超不明白的是，他父親在新莽末年亂鬥中站錯了隊，起先替隗囂（ㄨㄟˇ ㄒㄧㄠ）打天下，後來發現隗囂是個廢柴，改投奔竇融（西元前一六—六二）。既無法自立，換了主人也活得不太好，很難說是強者。

他的次子當時並不知道這個事實。大約二十年後，他會發出老虎的怒吼，再一次悲劇性挑戰命運。

三　猛虎出關

班超投筆從戎眾人皆知。很少人注意到他從戎時，東漢早已偃武修文。他在軍隊裡苦等十年，明帝才決心重回西域。再一年後，西元七三年，班超隨竇固（？—八八）攻北匈奴，這時他已年過不惑。

竇、班兩家早有淵源。班彪曾是武將竇融的軍師，光武帝見他表現優異，給他官位，可惜沒多久就因病退職。竇固是竇融弟弟的兒子，比班彪的孩子年長，也當過竇融的部下。班彪在家著述期間，教過很多大人物的孩子，累積相當人脈。班超抄書職位雖然不高，但班固當小官還是比較有機會接觸上層社會。班超能被竇固重用，也要感謝大哥班固幫忙。

立功機會有限。竇固派班超攻打伊吾（今哈密），很多人相當眼紅。班超急於立功，第一戰犯了很多錯。好比他根據蹄印猜測匈奴主力已超前，追趕數日，部下才從牧民處聽到他們追的是于闐商旅，還看到商人給牧民的謝禮。下級軍官據理力爭，他才不得不回頭重新尋找匈奴。

之後班超成了個無頭蒼蠅。好在蒼天之下，能去的地方不多。馬渴了就要到水源地。去，就會遇到匈奴。班超學得快、想得快、改得更快。現學現賣發展了一套行軍規則。好比他嚴格管制火苗，營火要挖兩個聯通的坑：一個專燒乾燥枯枝，另一個坑在上風處用來進氣。乾柴加上充足空氣，連自己都看不到煙，別人更不可能察覺。終於讓他們逮到毫無戒心的敵人，

他們在蒲類海（今新疆巴里坤湖）的岸邊發現匈奴。兩軍之間隔著水，風從班超這兒吹往匈奴。就這點好運，讓班超的弓箭手射中十幾個敵人，自己毫無損失。但是當部隊繞過蜿蜒湖邊到達咫尺之遠的對岸時，匈奴早已逃之夭夭。

班超補刀，送兩個慌亂中被馬蹄踐踏，倒地哀嚎的匈奴小兵升天。其他人看到屍體也捅刀子。這是戰爭的常態，好比楚漢相爭，項羽自刎烏江。搶到項羽屍骸的五個人都封侯了，部隊也都得到賞賜。

戰功不難記錄，每個人的箭都有標記，倒下的敵人都知道是誰射的。他們整理戰場，割下敵人的左耳作為證據，登記戰功，焚燒遺體。將來得到賞賜，得賞的再分錢給別人感謝支援。總之，這是場不折不扣的勝利。班超割下兩個匈奴的左耳，見著旁邊有幾個眼巴巴看著的小兵，就把耳朵給他們平分，他再割了右耳，留著當紀念。

第二天班超又打了一次小勝仗，肅清附近匈奴後，就在湖畔建堡壘嚇阻匈奴西進。竇固派人替換班超，給別人立功機會。班超帶回一篇文情並茂的戰報，竇固心知這小子家學淵源會寫作文，但他仍然由衷喜悅。本來他擔心萬一班超戰死，要怎麼向班家解釋？萬一班超戰敗，要如何面對眼紅的子弟兵？沒想到班彪的孩子沒丟他面子，再多的水分，這都是實打實的戰功。

竇固也怕班超恃寵而驕，害人害己。但是班超再度請纓出戰時，卻讓每個人大吃一驚。

四　抄本

作為歷史發現，班超的自述抄本可說是毫無價值。就算全都是真的，從頭到尾找不到一個字否定正史。但有趣的是，與班超相關的某幾個人物，在自述中徹底改頭換面。當時風雲人物也顯露出更複雜的面貌。配合正史不難發現，大多數人開始是無奈，最後變成悲劇。意氣風發的人，最後也逃不過命運摧殘。

抄本來自宋朝。漢代原書不知經歷過多少次轉手。可能在抄本完成後就已腐朽亡佚。由於抄本序支離破碎，無法判斷是誰抄的，又為什麼要保存這本書。根據紙質、碳十四定年、花粉等考古證據猜測，書是十二世紀末在江南抄寫的。根據抄本主人的家世，過去兩、三百年來，這份抄本應該都躺在黃土高原某落魄大戶人家的書箱裡。

一般人以為秦始皇焚書造成很多書消失。其實氧氣和蠹蟲才是抹去歷史的大魔王。古人雖有炎夏晒書的好習慣，除非幾百年重抄一次，保管再好的書都會氧化降解。很多書只有一個作者手寫本，廣泛流傳、大量印刷的書不多，孤本消失就等於全部消失。明代之前的書畫，存世者少之又少。許多消失的書籍，連書名都沒留下來。

字畫比古書好賣，這是因為字畫能讓人一目了然，鑑價和買賣都比較容易。

一套線裝古書，往往動輒十幾、數十冊、幾百幾千頁，塞進木箱都嫌笨重。就算保存完好、年代無誤，賣家也很難擔保沒被蠹蟲咬過，沒有嚴重影響價值的瑕疵。內容是否正確更難以確定。保存不易，賣價不高，市場狹窄，可說是古書的另一個無形殺手。因為書不好賣，老人死了，年輕人就把木箱扔掉。

因為書籍鑑價曠日費時，品相不透明，古書買賣就只能看情況就地還價。連在拍賣場上，競標者都不願追高。為了活絡古書市場，開始有人用電腦自動掃描鑑價。

晚清的體仁閣大學士張之洞說，古籍要稱為善本，必須符合足本、精本、舊本三個標準。一般箱子裡的線裝書多半是不值錢的「劣本」和「惡本」。夠當成「善本」的古書必須內容完整，沒有遺漏；校對仔細，注解正確；還要是舊版舊刷。這是身為藏書家的內閣大學士，一百多年前對古籍價值的見解。這也是機器視覺、人工智慧興起後，電腦鑑定古籍的基本標準。

全中國大江南北不知有多少幾百年沒開過的書箱。電腦鑑價出現後，少數良品就被後代送至古籍評價公司數碼化，由電腦記錄每一頁、評估品相。

電腦會做的當然不只是打分數。對於大量翻印的書籍，電腦可以分析版本；時間不詳的書籍，電腦也可以根據字體、避諱的文字等線索猜測時間。至於前所未見的孤本、作者不詳的殘本，電腦可以根據內容分析用詞、語氣，和其他書籍比較，列出關於作者身分的線索。

這份抄本，就是被人工智慧發現內容值得玩味，才被挑出由人工判讀。因為鑑定尚未結束，擁有抄本的人、評估抄本真實性的人，都不願公開身分，現在只能先以小說形式公開部分發現，希望讀者姑妄聽之。

五　西去

班超有個不要命的計畫：他要孤身進入西域，讓整張地圖全部歸漢。眾將以為班超不知天高地厚，會要多多益善，都想找機會給他個下馬威。他卻只想要帶兩個伍（一共十人）出去——因為當年傅介子靠兩人就誅了樓蘭王。而且高皇帝還說過「安得猛士兮守四方」。

班超笑著說，荊軻行刺失敗，是因為秦王跑太快追不上。只要前後兩人夾擊，四周各一人守隘，始皇帝就活不到祕不發喪那一天。多帶幾個人，純粹是因為要有人領路、煮飯、養馬、磨刀、翻譯、做雜事、舉軍旗、清理戰場。

說完後，沒人能糾正班超。沒人知道班超是幼稚，還是真有本事。原來準備好損他的話，也都說不出口了。有個老軍官本來想說什麼，硬生生把話吞進肚子裡。他懷疑班超少帶人出去，是要故意輸給匈奴。因為漢文帝時代，有個叫中行說（ㄓㄨㄥ ㄏㄤˊ ㄩㄝˋ）的太監不願被迫出使匈奴，就自願投敵，還洩漏了很多漢的軍事機密。他不知道班超是不是和匈奴串通，故意只帶幾個人出去，方便投敵。

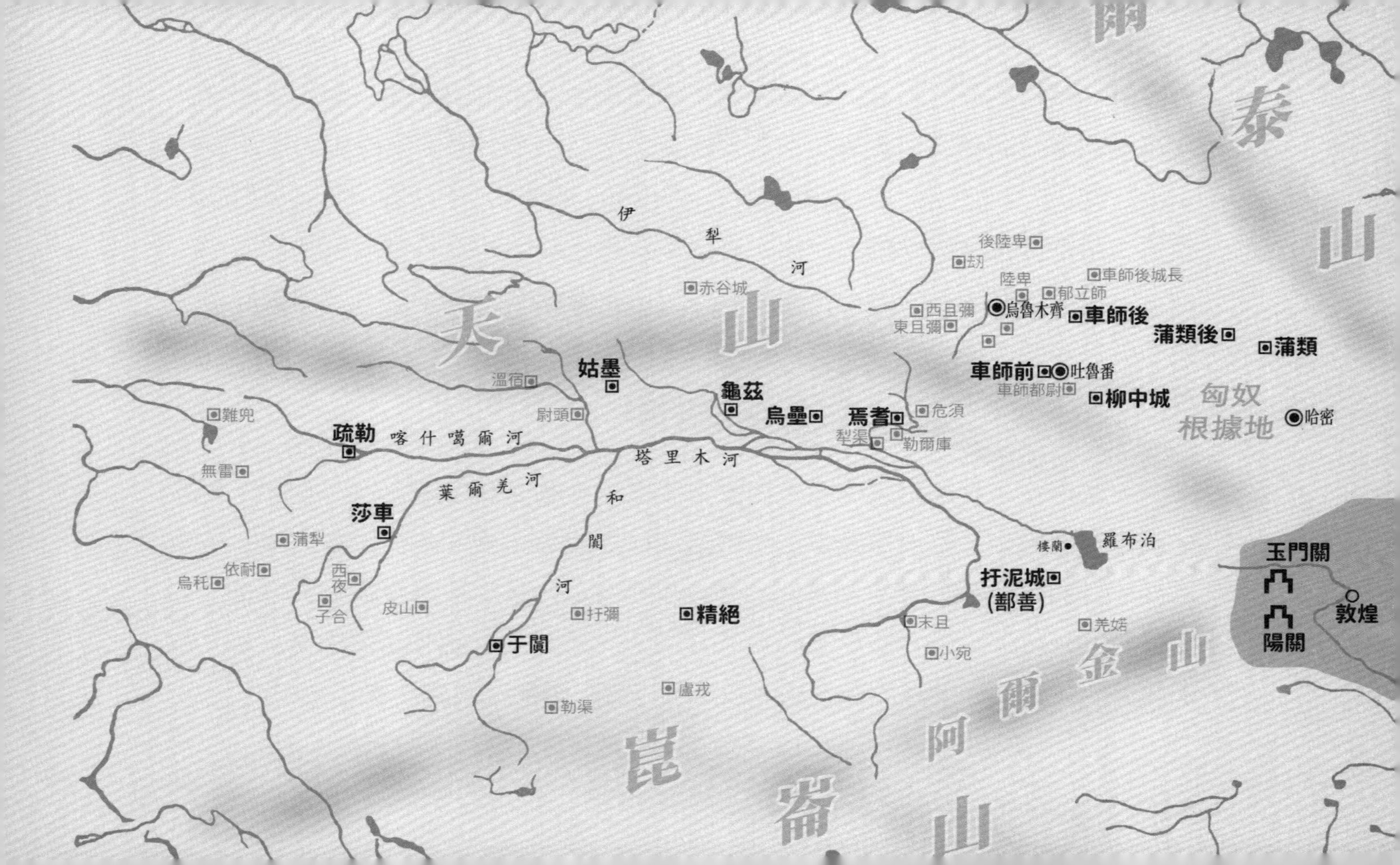

天山
伊犁河
後陸卑
劫
陸卑
車師後城長
郁立師
赤谷城
西且彌
東且彌
烏魯木齊
車師後
蒲類後
蒲類
泰山
溫宿
姑墨
龜茲
烏壘
焉耆
危須
車師前
吐魯番
車師都尉
柳中城
匈奴根據地
哈密
難兜
尉頭
疏勒
喀什噶爾河
塔里木河
犁渠
勒爾庫
無雷
葉爾羌河
莎車
和闐河
蒲犁
依耐
烏秅
西夜
子合
皮山
扜彌
精絕
于闐
盧戎
勒渠
樓蘭
羅布泊
扜泥城
(鄯善)
末且
小宛
羌婼
玉門關
陽關
敦煌
阿爾金山
崑崙山

老軍官知道這種話不能講，他也明白班家還有很多人在雒陽，如果他敢叛逃，家人都會付出代價。

竇固早聽班超說過計畫，沒想到他真敢。大家見他胃口不大，竟然一致同意。基於同情和私心，很多將領把自己的左右手推薦給班超，最後竟然強塞了兩百人給他。只不過出發前很多人找藉口退出，躲不掉的七、八十人想著，失敗了大不了就逃。

為控制班超，竇固讓敬小慎微的郭恂當領隊。漢軍統帥下，設有文職長史和武職司馬各一。長史下有從事，司馬下有假司馬，文高於武。郭恂不點頭，班超連個烤餅都不准買。

相信班超將要縱橫天下的，就只有班超一個人。他生於老虎的家庭，從小就是猛虎。而且他是為大漢報仇之虎。

班超不是報仇外交的第一人。西漢昭帝年間，親匈奴的龜茲、樓蘭（後改名為鄯善）殺了很多漢使。傅介子出使龜茲，斬匈奴使者；出使樓蘭，連樓蘭王都被他刺殺。兩國都轉而親漢。

班超敢賭命，不給自己選擇的機會，也不給別人選擇。他要讓大漢成為唯一選項，要讓這些國家，哭也要跟他抵抗匈奴。

六　試探

沒有選擇的其實是班超。班超很快發現，每個人認為他會失敗的時候，躲他像是躲瘟疫。如今他算是成功了，每個人都想插一手。他都已經儘量不要別人的資源，別人還是用盡方法控制他。設計一年的計畫，沒完全說出口，就被別人全盤劫持重造。

離開玉門關的第一晚，幾個軍官頭一次在郭恂的主帳裡開會。郭恂只隨便問了每個人一些簡單的小事，好比糧草數量、預計行走時間、下一個水源的位置之類的問題。沒想到竇固手下最敬小慎微的人，管理部隊竟如此粗放。

軍官們覺得奇怪，隊伍中作戰經驗最少的班超，就只是帶著一點微笑，靠著營帳坐著，一句話都沒說就讓郭恂結束會議？

這次出行難道不是要在西域動武？

有人開始懷疑班超的部隊只是掩飾。說不定還有另一個真的武裝隊伍。

班超覺得他要的任務已經不存在了，他不過就是護送郭恂到鄯善，不要妨礙郭恂辦事，吃點喝點，然後護送郭恂回京。

這就是竇固的決定。他已經不想說話了。

軍官會議結束後，郭恂請大家離開，就班超留在帳中。郭恂先破的冰。

「班兄，我想知道令尊離開竇融後，為何稱病不做徐縣令？後來去了徐縣，何故做不到一年又走了？」郭恂小聲問道。

漢的徐縣（今江蘇省泗洪縣南）為徐州刺史部臨淮郡的郡治，在今天的淮安以西、宿遷以南。因為南臨淮河，東臨洪澤湖，只要不是兵荒馬亂，再壞都餓不死人。這是個好地方。但班彪一點都不想去。他真的抗拒。

班超沒想到郭恂會問這個問題，愣了一下。

「這是我出生前發生的事。家父什麼都不肯說。我只曉得徐縣不是他該去的地方，我父親是被逼去的。」

劉邦生於豐縣，長於沛縣，大致是今日徐州市西北角，就是如今江蘇省突出部分的尖端。這個地帶漢時屬於豫州刺史部（主要是今天的河南省），一直是劉家的鋼鐵地盤。新莽期間，這裡從沒真的服從過王莽。徐州刺史部在這地方旁邊，徐縣騎馬三天就到劉邦的老家，擁護劉家的勢力也很強。

只不過在新莽末年群雄亂鬥期間，豫州效忠的是另一位劉家宗室劉永，徐州則屬於董憲。西元二五年劉秀稱帝，二九年滅劉永的政權，三〇年滅董憲。劉永和董憲的勢力有多大，劉秀的接收就有多困難。

大局底定前，班彪在竇融手下，極力主張歸附劉秀。班彪是竇融的主要策士與文膽，劉秀每次收到竇融的信，都像被剝皮一樣。竇融一邊好話說盡，不留把柄；另一邊又極力保護自己的地位。畢竟竇家能為漢室效勞，完全是因為自己有實力。倘使力量有所減損，就是大漢的戰馬少了一條腿。更有趣的是，每次為了保全竇融，他還會獻策讓劉秀從別人身上挖肉。劉秀發現這個人太難對付，他決定只要竇融別造成威脅，就先壯大自己，延後處理竇家的問題。

因此劉秀與竇融第一次見面時，就套了一下這人的虛實。他確定眼前與他一起喝酒吃肉的人，膽識是一等一，就是才學差太遠了。竇融也知道自己被劉秀摸底，很快劉秀就問他信是誰寫的。一般猜測劉秀早聽說竇融手下有能人，竇融也知道這個人的名聲總會傳出去，他只好說實話。

然後劉秀就大大方方向竇融挖走班彪。一方面是要搶走竇融的天才軍師，另一方面也要找個人在剛收復的地區穩定大局。

可班彪就麻煩了，他天性是當幕僚的料，不喜歡當官，更是孔子所說危邦不入的信徒。劉秀似乎是穩了。誰知道會不會再跑出一個劉姓軍閥稱霸？劉秀讓班彪離開竇融，但他也失去了自己的右扶風老家（主要在今天的陝西）。他希望在雒陽替劉秀服務，劉秀卻把他當成消耗品。他在徐縣要不然是施政失敗被劉秀拋棄，要不然被另一個造反的劉氏砍頭，成功機會非常渺茫。

「你想不想知道，我為何問這個問題？」

班超不發一言，希望郭恂就此打住。

「坦白講，我不想再替竇先生工作了。」

班家源於春秋，有七、八百年的基業，但是楚莊王時代就已失勢。後來只能說是載浮載沉，不能不依靠別人。

東漢初年官場有耳語，竇融與劉秀暗中摩擦。劉秀搶走竇融的王牌，這讓竇融很不高興。劉秀也很難信任投靠過隗囂和竇融兩個人的班彪，預備先試試看再決定要不要。所以劉秀對班彪好的時候是真好，一旦要為班彪和竇融翻臉，他就不管班彪死活。

班彪怎麼離開徐縣的，孩子們都不知道，只知他付出了很大的代價。這段痛苦的往事，班彪沒告訴孩子，他的孩子更沒必要告訴一個初次謀面的人。

「我要找一條可以讓我全身而退的路，我不要被竇都尉報復，或是毀掉。」從竇憲的角度看，毀了郭恂並不為過。自己栽培的人才為他人所用，甚至是帶槍投靠，即使是和平時代都不能接受。所謂「千丈之堤，潰於蟻穴」，他可不希望讓郭恂成為壞榜樣。

班超站起身來，向郭恂請示告退。

郭恂准許班超出帳，他一點都不氣餒。他知道班超毛羽未豐，要先成為竇固的人才有機會茁壯，而且班固也要靠竇家提拔才能溫飽。但是總有一天，兩兄弟都要脫離竇家的生態圈。如果他沒看錯人，現在班超已經在盤算最佳策略。只要班超的思考沒走偏，他就會知道該如何與郭恂合作。

與郭恂合作，不是為打擊竇固，而是在郭恂脫離竇家的過程中，獲得郭恂給的利益，並為將來自己脫離竇家安排新策略。

吉人之辭寡，躁人之辭多。郭恂相信班超懂得觀察，而且謹言慎行。給他兩天思考，他會悟出來的。

形勢一片大好！

七 想當然耳

與其說班超要從軍，不如說他想離開空口白話的文人圈子。世上沒有比生死更真實的事。要不戰死沙場，要不立功立業，互相吹捧，在戰場上毫無意義。但他從軍的這十年，照樣什麼都沒學到。若非他善用時間深思熟慮，就等於十年無所事事、勞而無功。

作為讀書人，班超遇過兩個別人求之不得的好老師：博聞強識是父親遺留的家學；邏輯思考則是一位名叫王充（二七—九七）的小哥哥替他啟的蒙。

王充的家世普普通通，但從小好學好辯，才華橫溢。本來可能就是在鄉塾裡學會寫字，庸碌度過一生。但是他不滿於平庸，十七歲流浪到雒陽，輾轉聽說班彪這個名字，在家門口苦求了很多天，終於得到推薦就讀太學。他也成了班彪的學生，進入知識分子的圈子。

雖然匹夫匹婦到這年紀早已有室有家，對讀書人而言，這還是剛剛有志於學的年紀。當時班昭還沒出生，班彪在家開私塾，遠地來的學生寄宿班家。小兄弟就和學生一起聽課，一起溫習。王充天資聰穎，背熟了雒陽能看到的大部分書籍，被班彪任命為助教，很快就成了大家庭裡的「學界領袖」。

王充思考縝密。超越其他所有學生。有個炎夏午後，少年們讀完書、吃過飯、做好家事，不想去河邊游水，便在後院樹下納涼。他們摘了幾顆剛熟的桃子，等不及用井水泡涼就分來吃，邊吃邊看大公雞啄食蜈蚣。突然班超發難了：

「為什麼一年的日數、月分、四季要對應人體的大小骨節、四肢什麼的？為什麼日數是對應骨節，而不是人有三百六十六隻手腳？」

班超講的是一百多年前，西漢董仲舒的哲學思想。天人感應不但是兩漢的學術主流，董、班兩家還略有淵源。學生相信班彪是董氏哲學的權威。每次講課，班家都會門庭若市，影響安寧。班彪要派孩子送點餅食安撫鄰居。

董仲舒說了什麼？不管孔子思想有多美好，他沒說為什麼我要當好人？當壞人有利可圖。為什麼我不當壞人？董仲舒用現代人看起來很幼稚的說法，補了儒家道德論的缺口。

宗教用天堂、地獄教導信徒向善：今天當壞人吃香喝辣，死了下去受酷刑。儒家不講鬼神。遇到大是大非，孔孟要君子做就對了：「志士仁人，無求生以害人，有殺身以成仁」、「生，亦我所欲也；義，亦我所欲也。二者不可得兼，舍生而取義者也」。

至聖先師的世界裡只有君子與小人。君子有思想。小人沒有思想，渾渾噩噩。雖然小人什麼都不懂，但是君子之德風，小人之德草，君子立了榜樣，小人就會跟著學。

這和班超問的骨頭有什麼關係？

孔孟的結論正確，但難以實踐。孔子再怎麼迴避玄學，後代儒家還是要擁抱神祕主義，發明做好人的理由，不然會被其他哲學和宗教搶走發言權。

董仲舒之前早已有神祕主義。往好想，迷信能警惕帝王勿失天命，陳勝、吳廣就是靠異象聚眾推翻暴秦。往壞想，愚民不過是從一個坑跳進另一個坑。為了統一思想，董仲舒創造天人感應學說。他說人對應於天，天與人互相感應。一年三百六十六天對應人有三百六十六個小骨節；十二個月對應十二個大骨節；五行對五臟；四季對四肢……。既然天人感應和傳統儒家能解釋一切，諸子百家就無需存在。

董仲舒創造了宇宙的終極答案，可惜他沒說如何鑑別真假天意。董仲舒之前已是滿地神棍，董仲舒之後更愛裝神弄鬼。天人感應沒形成宗教，沒有乾綱獨斷的教主，就淪為人人各取所需。班超雖小，已約莫開始抗拒顯學。為什麼人不能對應一年三百六十六天，而有三百六十六隻手腳？

班固無法回答，幾個資質普通的少年也搖頭。這時王充正襟危坐說，想當年董仲舒被人檢舉譏諷朝政，押入大牢，後來被武帝赦免。即便如此，他還是在獄中受到嚴刑拷打。

「倘使董仲舒筋骨斷裂，他的骨節會變多；萬一缺手缺腳，骨節會變少。是不是說挨打的人會違逆天道？」

董仲舒的問題，董仲舒自己回答。班固記不得董仲舒被痛毆出自何典，但他相信王充不會背錯。一臉懵逼不知說什麼好。班超笑了，止不住的狂笑。王充大叫一聲「想當然耳」，然後他也笑了。

八　十年

學而不思則罔，思而不學則殆。作為讀書人，少年王充給班超的教育可能遠勝過班彪。因為班彪給的是學，王充給的是思，而且是天才親自示範。班超的思想遠遠超越京城那幫腐儒，但作為軍人，學和思都不太重要。

這時郭恂注意到了班超。

出發前郭恂已經評估過班超，他覺得過去幾年自己陷入的困境，或許能靠這個傻子解套。

說班超是傻子，是因為班超很明顯在反抗，任務不由他控制，他就反抗，他是在顯露幼稚。如果班超這次願意為他所用，他可以讓班超得到功名，並且學到王充自己也不懂的另一課。因為他們的敵人不是匈奴，他們的敵人是竇固。

或者說竇固不是他們的敵人，竇固是竇固的敵人。是竇固讓他自己的手下都想離開竇固。

他要送給班超一次勝利，成為竇固的王牌。再讓自己變成不值得持有，就可能被竇固放棄，不然自己會永遠被埋沒。

竇家數百年來最忌諱家臣功高震主。郭恂明白自己在竇固手下得不到提拔，出事還可能被犧牲，一身能力剛好是詛咒。他只有兩條路可以走：當竇固的替死鬼，要不然是被竇固毀棄，永遠別想功成名遂。

過去他官位太低，又活在偃武修文的時代，只能接受鳥盡弓藏的宿命，在軍隊裡靠小機靈輕鬆過一輩子。隨著明帝重回西域，他多次在匈奴的陷阱中拯救缺乏經驗的部隊，竇固才注意到這個人的存在，這時他不得不認真想如何從竇固解套。

郭恂在基層觀察竇家，歸納出幾條竇家心法：班超是竇家的故舊，讓班超出征，是給他必敗的機會。等他心如槁木死灰回來，面子給了，人也乖了，以後用不用都可以。郭恂是這次的主角，派郭恂管班超，是讓班超負責失敗，郭恂負責救命。如果失敗還活著回來，代表郭恂領導有方，將來仍可重用。如果一敗塗地，郭恂就留著當將來竇固出事的替死鬼。

只要郭恂還有身為文職基本的判斷力，班超就只可能小敗或是大敗，不可能慘敗或是覆滅。對竇固而言，這就是可控風險。

郭恂要讓班超立功，自己因故失能，才能讓竇固重用班超，放過自己。如果沒猜錯，隊伍裡有一個人能說服竇固放棄他。只要他說郭恂不過爾爾，而且修不好了，竇固就可能放棄他，讓他成為自由人。

玉門關到樓蘭，路程不超過二十天。離開竇固的視線不久，郭恂就開始試探班超。郭恂的困境，班超一定能體會。多年前，班超的父親班彪在竇固伯父竇融手下當幕僚，他就面對過脫離竇家控制的下場。

他們都知道隊中有一個人是竇固的耳目，只是不曉得是誰。兩人不用溝通，就已進入保密模式。

班超很清楚，郭恂都看在眼裡。

九　善人

郭恂如何說服班超合作，班超沒說。他知道郭恂離開竇固控制後，就會淡出歷史，永遠被歷史埋沒。身為史官家族的一員，讓親歷的歷史消失，好像有點說不過去。班超不想讓後代遺忘郭恂這位高人，所以寫了這篇回憶錄，自述他學到最珍貴的一課。班超不在乎別人知道他有好老師，他只是不想別人知道如何控制他。

王充教班超分辨什麼是最愚蠢的廢話，郭恂教的是對錯擺一邊，只問對自己有沒有用。但這次他們兩人都學到計畫趕不上變化的硬道理。

史書上說，班超到鄯善國尋求合作，因為突然被冷落而察覺大事不妙。用計從鄯善僕役口中套話，才知道鄯善已和匈奴結盟，臨時決定架空郭恂，夜襲火攻匈奴營。結果真實，過程不必當真。

很少人參加過國際談判、帶兵打仗。雖然有些史官會依周禮隨軍出征，誰知道他們看懂了多少。歷史不過是史官把前代官員的爭功諉過之言，用讀書人願意接受的語言寫出來。讀書人怎麼信，史家就怎麼寫。讀書人不信，史家寫再多都沒用。有太多事情一般人不需要知道，聰明人會自己想到怎麼做。

真實的鄯善王沒那麼淺薄。善人誰不會當？即使外交生變，鄯善國招待漢使的待遇一點都沒少。郭恂團隊不過幾十人，鄯善國免費提供僕役、保安、地陪、通譯能花幾個錢？況且和匈奴的交易也不會瞬間搞定。萬一談判破裂，還要留著郭恂當備胎。

鄯善國雖然經濟江河日下，不過是被匈奴壞了在絲路上當過路財神的利益，幾千年來的放牧和耕種還是沒變。招待漢使的羊，多殺、少殺幾頭毫無差別，每天被狼吃了的羊都不止此數。

鄯善王不管招待貴賓，這些事都有差役安排。漢人吃剩的美酒佳餚，撤下來都會祭他們的五臟廟。吃不完，他們會帶幾條羊腿進城賣給老百姓。這些人薪資低，社會地位更低，若非可以中飽私囊，才不願世代屈就破差事。默許他們多報銷幾頭羊、多請領幾皮袋的酒，是工作的潛規則。數學算錯不會被砍頭，數學算少才會惹禍。

鄯善王非但沒冷落漢使，還在抵達時遠道接風。在城外老遠的路上，他們就看見官員駕著載滿葡萄酒的馬車出城迎接。班超粗估了一下，酒水食品夠兩百人解饞。

兩方都有通譯，到鄯善國剩下的路走得非常愉快，不但路面寬敞乾淨、兩側還種滿美麗的胡楊樹，遠處還有烽火台。雙方官員在馬車上談笑風生，偶爾可以看到工人提著木桶，在胡楊樹下收集白色物質。陽光耀眼，班超看不清楚那是什麼，通譯說那是萬用的珍貴鹽鹼。城門近在眼前，鼻子靈敏的人已經聞到烤肉和烤餅的香味。漢人和鄯善人說說笑笑，都想探聽對方的虛實。

不只是官員獲得款待，鄯善國的僕從也招待隊員喝葡萄酒，語言不通，誠意卻是滿滿的。雖然郭恂告誡他們不得貪杯，還是有很多人快要喝到魂遊象外。他們終於進城了，鄯善王居然在城內迎接他們！

鄯善的國都叫扜（ㄩ）泥城。位置約在今日的新疆若羌，自古是塔克拉瑪干沙漠南北兩路的入口，不管走南還是走北繞過沙漠，都要經過這裡。一百年前，西漢絲路經濟發達時的建設，如今雖已老舊，還是看得出昔日繁華。

和現代相比，兩千年前這裡雨量稍多，氣候較好。較多的草原和樹，讓人能在白天行動，而不是只能在夜間穿越白天陽光毒辣的沙漠。

打泥城的大街兩旁種滿宜人的花草樹木。鄯善王滿臉堆著笑容，在樹蔭下等他們。宮女為他們送上浸在冰涼井水裡的葡萄。鄯善王不但和藹，還會說幾句怪腔怪調的漢話。班超說是要洗臉，信步走去井邊看看。井裡冰著的葡萄，想必夠百來人吃。這時他才注意到，郭恂早就先他一步開始勘察都市。

雜牌軍沒丟大漢的臉面，他們自發排好方隊席地而坐，在廣場上享受可能是一生最美的一餐。他帶了近百人上路，扣除半途重病的幾位和護送回去的人，還剩三十六位精英中的精英沒逃。他對竇固的精實訓練真是太感激了。

這時通譯陪著鄯善國官員過來說，鄯善王希望賞給每位大漢使者禮物，郭恂略作推辭就接受了。他請通譯帶漢軍到井邊打水整理儀容，再回來接受禮物。

漢軍洗臉時，鄯善王來了。郭恂和班超曉得鄯善王想看軍人，就自動挪開，不遮蔽他的視線。鄯善王本想知道為什麼大漢只派幾隻小貓過來。看到兩位軍官的自信以及每個人臉上的威風，內心動搖的反而是他。

班超想過，他們在路上遇過商旅和牧民，大漢使節的到來，早被鄯善王掌握清楚。換成他是鄯善王，也會對人數感到訝異。鄯善王可能生性多疑，不信探子報的數字，要自己數過人頭才能確信。

十　情報

匈奴是競爭者。班超一直想如何掌握匈奴動向，經過幾個月祕密工作，他買通可利用的牧民作為他的耳目，監視往西的匈奴隊伍。

草原像大海，莽撞的代價就是死。班超聽人講過：匈奴遇到牧民，都要停下來給點禮物、喝點小酒、交個朋友，換取水源、氣象、野獸、土匪的資訊。草原上大小事，牧民都知道。

班超買通了幾個對大漢有好感的牧民，安排他們到匈奴可能經過的路線上與匈奴不期而會。匈奴離開後，牧民會找上班超的探子，讓他們視察安營紮寨的遺跡，估算兵馬規模和行軍方向。很多牧民沒有金錢觀念，用錢無法買通。買到願意效忠的牧民，連郭恂都不知道是怎麼做的。他只知道班超建立自己的情報鏈，皇帝來問一百次他都不會講。劉秀說一句話，竇融就被帶走班彪。班超不會犯同樣的錯。

他們才出玉門關沒幾天，就接到探子彙整消息，一團約八十人的匈奴武裝部隊兩個月前已到鄯善。還有另一團約五十人正在某草原牧養催肥，看馬的身體狀況，可能一個月後與鄯善的隊伍會合。這些隊伍馬比人多，打起仗來，沒人會把腳弄髒。

對於意料外的發現，本來班超想逃，因為他不信任這次的隊員。郭恂反而想得開，他決定先確定匈奴的營地和人數，再考慮要不要夜襲。班超本以為郭恂聽到壞消息會放棄任務，郭恂居然說不妨先到鹽澤（今羅布泊）附近再決定。因為比起匈奴的虛實，他更想知道這個隊伍的虛實。況且太早回去，班超就要托出情報網的祕密。

班超沒提到情報網是怎麼建立的，錢又從何而來，探子的身分也保密。班超從軍十年，不可能完全浪費，除了竇家，還可能找到其他祕密支持者。也許，探子曾是關外老兵，特別清楚牧民。也許，支持他的人是朝中高官，在明帝授意下想建立竇家無從插手的西域勢力。郭恂沒問，他相信班超背後另有高人。他只是試著讓自己的脫離計畫不影響班超的大局，甚至有利他的工作。

班超不得不同意，在前往鄯善的路上，他夜間祕密離隊和探子碰面。可能在這段期間，他又吩咐探子安排其他牧民到匈奴營討酒喝，繼續刺探軍情。

剩下的路程，班超就和郭恂設計攻擊方案。他們盤算深夜火攻很久了，但是擔心被匈奴反殺。寬闊的草原上，遠處逼近的火炬，隨時會被守衛和狗發現。兩人還設計了嫁禍、逃亡方案。就算不能殺了匈奴使節，也要讓匈奴使節以為是鄯善國利用大漢借刀殺人。

即便如此，動武還是很難。到鄯善他們發現，鄯善王派許多僕從在班超的營裡，表面上是服務，其實是全天監視。根據探子回報，匈奴營裡也滿是鄯善僕從，誤殺一個人，都可能破壞計謀。班超開始研究區分匈奴和鄯善人的方法。

十一　撤防

自古匈奴就用狗守衛營帳，漢軍也一樣。為了解決狗的問題，班超傷透腦筋。被狗發現，夜襲就會變成送死。郭恂認為他知道怎麼辦。

進城前幾天，探子就給了班超匈奴營地的草圖，後來又更新了。攻擊前的幾個晚上，班超帶著沾滿羊油的擦手布到匈奴營房的上風處把破布當旗子甩。狗聞到風帶來的羊騷味，就在深更半夜裡大叫，把匈奴都吵醒。前半夜月亮還不出來，匈奴不知有人靠近，以為狗不乖就處罰狗。

匈奴天天吃羊肉，早就不在乎腥羶。經過一夜風吹，有腳印也不見了。匈奴四處檢查，沒發現異樣，只撿到幾塊吃剩的羊骨頭。他們以為鄯善人亂丟垃圾害狗發狂，就處罰了幾個本來就可能是探子的鄯善僕役，還叫其他人在烈日下撿垃圾，當晚很多鄯善人藉故退出服務。

第二晚，郭恂用細柳枝削的狗笛實驗成功了，換他帶去騷擾匈奴的狗。幾千年前人就發明了笛子，也從實作中學到共振腔越短聲音越高的道理。因為十次八次當中總有一次做錯，有些人發現共振腔太短的笛子，人聽不到聲音，卻會吵醒狗。這是狗笛的起源。

深夜裡郭恂吹個不停，狗鬧得更歡。匈奴人以為狗發瘋了，一氣之下就解決問題。幾個武士吃了一晚上燉肉，另一隻狗也被關了。

班超和郭恂不知道的是，匈奴營裡有人耳語鬼怪顯靈，還故意對守夜的人講這種話。有人抱怨鄯善人貪得無厭，叫他們餵狗，卻把狗吃的羊肉賣了，只給狗吃骨頭和剩飯。沒等匈奴找麻煩，又有幾個鄯善人不告而別。

這樣吵了兩天，匈奴自動替班超減少了兩大患。班超很想笑，但他也知道就算狗關起來了，籠子裡的狗還是會叫。鄯善人不管走了多少，只要有一個人留下來，就可能被誤殺。他不想見到的後果，還是可能發生。

那天下午，郭恂藉故離營，班超召集弟兄開會。和史書講的一樣，班超大罵鄯善王討好匈奴讓漢軍餓肚子，還批評郭恂懦弱無能。他搬出請僕役進城採購，要拿來「做祭壇」的木板、木棍、草繩等，提議夜襲匈奴。他說匈奴不知道漢軍有多少人，攻擊會嚇破他們的膽。講到回去會升官發財的時候，大家的眼睛都亮了。不入虎穴，焉得虎子？班超知道冒險就在此刻開始。

漢軍餓肚子是真的，鄯善王不在乎幾頭羊也是真的。只不過郭恂事先叫僕役羊肉和酒類減半，因為「漢人不習慣吃羊肉」、「很多人不喝酒」、「賣掉沒關係的」。他還說別人討厭羊肉，他特別喜歡羊油夾餅，叫鄯善僕役給他滿滿一瓦罐新鮮羊油，還要來很多羊脂蠟燭晚上要用。和現在的羊肉不一樣，當時的羊通常在野外養更久才宰殺，不但肉比較老，味道還特別重。

羊油加乾草，裹在木棍上可以當火把。抹在紙上，包裹箭頭就是火箭。除了郭恂和班超，隊裡沒人識字，沒人知道他們撕的是誰的什麼書。

歷史記載蔡倫在班超死後很多年才發明造紙。實際上紙早在西漢就有了，蔡倫不過是綜合各種方法，提出造紙的優化方案。早在班超祖父的時代，就常帶著粗製的老式草紙進宮抄寫官方記錄。以後會說到，這也是班固第一次被誣陷坐牢的原因。

班超要他們帶強弩，沒有弩的人帶弓箭。所有人帶上環首刀，頭上綁布巾。班超告訴鄯善僕役那天是漢人深夜射箭祭戰神的節日，請他們全留在營內，綁上相同的布巾，向蠟燭跪坐禱告漢人祭祀成功，九根蠟燭燒完就喝酒睡覺，回來他要聽每個人講自己的夢境。綁布巾的漢軍就帶著武器、敲著皮鼓，在綁布巾的鄯善僕役的祝福聲中離開了。

班超探過傳譯的虛實，知道這個人只懂粗淺漢話，接待過的也都是商旅。他問班超為什麼沒聽過這種祭典。班超說這種祭典十年一次，天神喜悅就會保佑漢人百發百中，他不曉得很合理。然後班超囑咐他要先準備食物，馬都拴好，讓所有人都吃飽了留在帳中祈禱，不然祭典失敗他要負責。

郭恂躲在遠方看著，不知道班超是怎麼讓鄯善人留營的。這點不重要，他只要帶上笛子就沒事。

沒有騷擾了。這次玩真的。

殘月升起前，夜空和朔月時一樣黑。

十二　惡人

開始一切都很順利，他們在遠處三弩齊射，兩箭同時射中倒楣的匈奴衛兵。也許是因為聽了鬼故事有點害怕，這人整晚坐在營火旁，很少起來走動，剛好方便瞄準。他們摸黑迅速前進，找到看守另一邊的衛兵，這次他中了三箭。解決衛兵以後，就立刻火箭齊發，每個帳篷至少中了兩箭。

他們知道狗柵位置，但是狗已不構成威脅。這時連弓箭手都丟下弓箭，掄起環首刀衝入敵營。

理想與現實的差別不可能比這更大。班超祕密演練了無數次攻擊，夢中都用現學的鄯善語詢問對方身分，不回答就砍下去。但是當他甩出火把，殺進匈奴帳時，一句話都說不出。在起火的營帳裡，班超看到鋼刀反照的火光，心想大事不妙。為什麼只知磨刀，不知把刀身塗黑？

匈奴主帳裡，第一個人沒起身就被班超捅了一刀。另一人揮空刀想拉開距離，卻被班超鑽了進去。班超砍中他的胸口，他卻還是揮刀斬向班超的手腕，班超連忙抽刀。匈奴武士變招擊落班超的刀，班超的手指一陣抽痛，像斷了一樣。

匈奴武士手腕一扭，瞬間修正刀勢從下往上斜劈。一千多年後，這個招式會被戰爭中的佛教徒稱為「逆袈裟斬」。武士不想斬人，只想封喉。刀像長了眼一般跳過脅間，直向班超的脖子襲來。脖子的主人呆若木雞，連後退都不會。

刀離脖子不到半寸時，眼前閃現白光和巨響。這就是戰敗？班超懵了。為何被砍中的敵人能變出那麼多招，還奪了他一條命？他是不是穿著護甲睡覺？

班超的一生並未在眼前浮現，他只記得那天雒陽春寒料峭，他裹在厚重的冬衣裡匆匆趕路。有個相士把他叫住，說他「燕頷虎頸」，有朝一日必然「封侯萬里之外」。班超笑笑就走了。

笑笑就走？就這樣走了嗎？

生命盡頭，班超想的竟是當年有沒給相士打賞。

匈奴武士倒在班超面前。

班超還在思考為什麼虎頸會斷在樓蘭。

如果他再晚生幾年，也許會說「出師未捷身先死」這樣的話。但是這句話不屬於他的時代。未來還有更多不幸等著展開。

迷濛中有人拍了一下他的右手，遞上剛才被擊落的刀。班超回神了。他看到地上滿是血跡，自己的臉上也滿是血。他下意識摸了脖子。

「班大人，您砍中匈奴武士，他倒了。」

匈奴武士戰死時，刀飛了出去。

在「逆袈裟斬」的瞬間，班超的戰友眼角餘光瞥見匈奴武士砍向班超，一個箭步轉身過去，右腳踹上匈奴武士踮起腳尖的膝蓋讓他轉倒，順勢用刀硬劈落他的刀。匈奴武士失血過多，癱下去就起不來了。

他的右腳在地上拉出一道血痕。

搏鬥時常常發生一種事。人都快被砍碎了，不知道為什麼就是繼續打著，好像前面的殺傷毫無作用。另，個人即便沒負傷，在某個時候就會瞬間陷入無理由的恐懼。恐懼遮蔽感官，讓人變成一塊呆肉。

班超的心臟停了，血液變為冰冷，但是一個節拍不到的時間內又被拉了回來。

匈奴武士卻失去一切。

刀飛去的地方，有個瘦小身影，瑟縮著躲在陰影中不敢哭。聽到武士的刀掉在他身邊，掙扎許久才睜開眼。見武士沒了氣息，他撿起刀，兩手緊握，衝出來就往班超的腹部刺去。

撿刀時就被看得清清楚楚，班超一個挪步，刀從旁錯過。小孩閉著眼睛不敢呼吸，伸直雙手定在地上，還不曉得自己刺了空氣。班超把他的手拍開，刀掉到地上，才發現武士的刀卷了個大口子。他檢查自己的刀，一點問題都沒有。

戰友把刀舉到班超面前，卷的是他的刀刃。草原上吹起狂風，空中飄著帳篷燃燒的火星。兩人跑著，留下孩子抱著武士的屍首在濃煙中哭泣。

十三　削刀

班超沒想到他的刀會被擊落，因為這好像是不可能的。

班超想不到匈奴武士會斬他，因為這也是幾乎不可能的。

並非因為他是老虎，而是技術上通常做不到。稍有實戰經驗的漢兵，在那個時刻都會有同樣反應。

不是說他們有戰神保佑，而是因為匈奴沒有鋼鐵保佑。

一般匈奴人得不到大漢的長鋼刀，只有原始的青銅刀或是彎刀。很多匈奴兵只有細、短、薄，而且有一點彎的青銅刀。班超當刀筆吏的時候，他的家傳寶刀就是一把磨到快斷的青銅削刀，這東西連削竹簡上的錯字都費力。投筆從戎後，他把筆和青銅削刀都送給妹妹班昭，她笑盈盈回答：「哥！削刀我替你保管。若是當不成傅介子，就拿環首刀回來找我換！」

更難堪的是，她還喜孜孜補了一句：「明春要天天吃肉！」

漢軍不怕拼刀子，是因為環首刀與青銅刀之間有武術難以彌補的代差。雖然有些漢人帶藝投靠匈奴，匈奴的煉鋼還是遠不如大漢。匈奴不但缺鐵礦，連鑄青銅都差強人意。漢武帝時漢軍的刀械還不夠進步，到景帝時就發明了精鐵折疊鍛打三十次，然後淬火、回火的環首鋼刀。能劈能砍，還是青銅刀的兩倍長。

把軍隊的環首刀偷回家，能不能換半年飯菜不知道。但是買兩袋黍粟，再給妹妹做一套漂亮的留仙裙不成問題。

班超當時不清楚，其實不只中國會煉鋼，沙漠北方的龜茲也有冶鐵工業。

往南到印度，還有一些工匠用獨門技術煉製所謂的烏茲鋼（Wootz steel）出口到世界各地。雖然這種極品鋼當時還很少見，匈奴也可以得到。如果班超仔細檢查刀，會發現原本三指寬的刀身，已被磨到只剩兩指寬多一點。因為鋼對匈奴太珍貴，捨不得經常磨，這把鈍刀把班超脅下的衣袖啃出一條歪歪扭扭的裂口。

班超持雙刀跑向另一個帳篷，心想他若能活著離開戰場，能湊出多少錢給戰友當謝禮。這把卷掉的匈奴環首刀他要永遠留著，連親妹妹都不會給。還來不及分神，他面前又出現了一個持彎刀的匈奴。

十四　屋賴帶

匈奴武士是真老虎，從夢中驚醒立刻拔刀索敵。他們不是蒲類海遇到的人形箭靶。匈奴武士背對背迎敵，喊著口號組織戰鬥，鄯善人是哭叫的雞，瞎子都分得出來。

他們直接殺了三十幾人，營帳裡燒死的人數量也差不多。班超也有部下困在營帳中被燒死，還有八人負輕傷。活著的鄯善人在冷風中哭嚎，班超找了個鄯善人認屍，發現有幾個他的同伴被燒死或殺死，他還認得幾個匈奴軍官。

班超只想知道第一個帳中的匈奴武士是否就是聲名狼藉的屋賴帶，是的話就要留下他的頭。

班超下令把剩下的鄯善人趕去遠處，在胡楊樹後把負責認屍的鄯善人勒死，屍體丟到半毀的營帳中，補一把火都燒了。

這時班超聽到絮絮叨叨的怪聲，有人在溝渠裡找到一個匈奴巫師。巫師被發現後，就開始念沒人能聽懂的咒。班超叫人給他兩拳，他的下巴被打歪了還絮絮叨叨。這時有人在溝渠中又找到個發抖的匈奴孩子，班超見匈奴不只一個，就給巫師補了一刀。巫師斷氣前還不停念惡咒。

另一個漢軍也想給匈奴孩子一刀，但班超及時阻止。他叫弟兄們把孩子的右手臂折脫臼，給他穿上漢服，再隨便把手臂扭回來。孩子經過一次死去活來，已經無力反抗。他的手被綁在身旁，只知道哭。接連賞了幾個耳光，就不哭了，只是顫抖個不停。

晨光中，郭恂坐在遠處的樹枝上，皺著眉頭吃他的特製羊油餅。看著班超有條不紊收拾戰場，昏庸懦夫該回營了。

十五　稱霸

有江湖的地方總有王法。

面對鄯善人興師問罪，他們說是匈奴人弄倒火把釀成火災。狂風把火星吹得到處都是，他們努力救助鄯善人，實在火勢太大，力有未逮。

冒煙的草原上，班超教串證時邊說還邊笑，他自己都不信自己的鬼扯。匈奴營地離城不遠，班超發現風通常不會往城吹，匈奴還選了個阻擋視線的土丘後紮營，他才決定火攻。

夜裡無雲，鄯善人看不到雲層反射的火光。天亮後守衛見城外冒起黑煙，才策馬前來關心。

因為是涉外刑案，班超很快就進了王宮。帶著笑臉進去，他已經是老虎了。鄯善王有點心虛，為了自保，他們決定不留餘地逼問，畢竟死者包括匈奴和鄯善人。漢使殺了不少人，不可逍遙法外。

班超說這是大漢與匈奴的外交，鄯善管不著。大漢與匈奴代表祕密會商，可惜匈奴方缺乏誠意，半途掀桌子動武，若非他們笨手笨腳弄倒火把，大漢代表恐怕早如同當年在樓蘭一樣被殺了。由此可見大漢是受命於天，得神保佑。

這時班超突然逼近鄯善王，用手指著他的眼睛質問：

「誰給你的膽子，背著我大漢勾搭匈奴？」

他一個狠毒的眼神示意通譯，一定要字字翻譯真切，不准自作聰明換成柔軟無力的外交辭令。

翻不翻譯都沒關係，從鄯善王滿臉冷汗，就知道怒意是人類共通的語言。班超的下一句話，更讓鄯善王險些濕了褲子：

「你以為能背著我大漢勾搭匈奴？屋賴帶是不是在這裡與你一起喝酒吃肉？知不知道我到鄯善就是要和匈奴開會？匈奴無信無義，不敢到我雒陽，我大漢才下令匈奴到鄯善密會。」

班超話沒說完，鄯善王就快暈倒了。身旁的輔國侯急忙扶著大王，希望保全鄯善國僅存的顏面。

「我大漢既失望又痛心，沒想到鄯善的智慧還不如當年的樓蘭。」

鄯善王想開口，被班超一個惡眼神阻止了。輔國侯被當成空氣，班超揪著鄯善王的衣領，命通譯告訴他用快馬把匈奴殘屍在沙漠裡拖行一天一夜拋棄。被匈奴害死、誤殺的鄯善人，由大漢負責撫恤，在鄯善人選擇的地方厚葬。

鄯善人再也不敢監視漢使，他們在宮中來去自如，鄯善王隨傳隨到。

漢使沒叫他們抬頭，他們只敢低頭。

兩天後，他們把戰死的漢使祕密埋在面對雒陽的河岸。沒有墓碑，只有班超親自栽的一朵花。

躲在溝渠裡的小孩，訊問知道是匈奴使節的幼子，名叫蒙遜。班超讓他穿上漢服代替死掉的人。對鄯善人聲稱漢使得有神助，無人戰死。

班超親見了每位鄯善死者的孤兒寡母。他可能永遠見不到死亡漢軍的家屬，也不知道被他砍中胸口的匈奴武士，殘破屍首躺在沙漠何處，這是唯一的道歉機會。班超，四十二歲，已不是當年那個中原書呆子。

他是老虎。

直到自己被另一頭老虎咬碎的那一天。

十六　人馬

離開鄯善王宮時，班超領悟自己得到一個好消息、一個壞消息。好消息是他有子弟兵了。過去他不在意這些隊員，很多人是慕郭恂的名而來，有些是被迫的。今天跟在屁股後面，明早就不見了，沒一個是他的。

殺匈奴使臣後，班超知道這些人將來全都會跟他走，因為他們沒選擇。如果他沒猜錯，鄯善的輔國侯已經派密使硬著頭皮，快馬加鞭去北匈奴謝罪，能不能活著回來都不知道。為什麼要快馬加鞭？因為每個死人背後有十個、百個利益相關的活人。匈奴慘敗的消息，會以超乎想像的速度傳遍草原和大漠。

鄯善國內很多人和匈奴關係密切。他們發現匈奴使節被殲，會告訴其他人，打泥城東北的鹽澤地帶常有匈奴游牧，就算沒人通知，看見天際起黑煙，也會過去查看。就算沒看到黑煙，十天半月還是會去營地討一點鄯善國招待的酒。事情瞞不過民間耳目。

鄯善國密使會把消息直接傳到單于耳中。匈奴通報就不一樣了，他們會讓沿路所有匈奴都知道，連南匈奴都可能有人加入報仇。

那些準備過個場就回關內的人，本來只想去西域玩玩回來升官。如果班超外交失利，他們可以回原單位。如今他們戰功壓過長官，在原單位難免被排擠；還成為匈奴的死敵，在草原上可能變成進獻單于的禮物，還不如留在班超手下。就算現在出發，逃進玉門關之前，都可能被匈奴獵下人頭。事情弄大，等於斷了歸漢的路。

班超也無法幸災樂禍，因為有壞消息在等他。不遠的草原上有匈奴在牧馬，匈奴主力已滅，只要他們得到消息，就會用游擊戰封鎖鄯善的對外交通，他必須組織隊伍解決威脅。

班超先找來一個輕傷不影響騎馬的人，給他三匹馬回雒陽報戰功：一匹騎，兩匹載裝備。訓練良好的人可以控制多匹馬，輪流負重，加快速度。不管馬的死活，六天內就能衝進玉門關。然後他叫鄯善通譯立刻傳喚輔國侯。

如今班超和他的人都要留在鄯善國，綁定鄯善國，把鄯善國當成對抗匈奴的堡壘。他要為鄯善王做兩件「好事」，再向他要一點回報。

班超想著想著就笑了。他很想知道那個頭髮很短，替他擋下匈奴武士砍刀的年輕人叫什麼名字。那不只是一聲金鐵相擊的轟然巨響，那是切斷家庭羈絆的聲音。他已經沒有家了，從此他的家就是西域。他的家人就是這些同樣回不了家的年輕人，每個人的家，都在巨響中被切斷了。

十七　英雄

班超出宮後就表示要「饒恕」鄯善王，把沒被燒死的匈奴馬匹送給他。如今鄯善王成了匈奴眼中的共犯。而且給了重禮，班超就有權借調鄯善軍隊。

郭恂繼續裝孬，一切班超說了算。當天下午班超就率領殘部和鄯善騎兵，追殺牧養催肥中的另一隊匈奴。雖然集中兵力防守扜泥城，一百人能抵擋三百人攻擊，他要的是不給鄯善王反悔餘地，並且儘量維持扜泥城的對外交通。

夜襲匈奴使節前，班超就已吩咐探子隨時更新臨近匈奴的位置。第二天傍晚找到匈奴營地，在遠處休息整編一天，第三天深夜再度偷襲成功。七天後班超帶著疲憊的漢軍回來。又過幾天，鄯善騎兵帶回擄獲的匈奴馬匹和武器。這時消息已開始擴散，扜泥城外有零星匈奴虎視眈眈，這些人不會以卵擊石，而是會日夜監視扜泥城，為匈奴大軍蒐集情報。漢人出城，必被包圍獵殺。

漢軍軍規救了班超。見到匈奴要回報，與匈奴交戰更要火速回報。當時玉門關外沒有烽火台，中國沒有信鴿，班超只能派人快馬回漢。鄯善騎兵還沒回來，三匹馬的傷兵就帶領半路遇見的漢軍巡邏隊返回鄯善增援。巡邏隊的前進基地到玉門關之間設有臨時烽火台，再過十天玉門關守軍也陸續到達。竇固沒料到會發生這些事，朝中另外有人早已在沿路派人巡邏，預防匈奴截斷交通。竇固看到其他部隊動了起來，立刻派兵出關，關外戰局瞬息翻轉。

匈奴是游牧人口的鬆散集合。單于再強，也無法號令天下。常態性的出征容易集合兵力，臨時性的動員就很難得到各家族配合。兩個月後，北匈奴還是沒湊齊復仇大軍。如果匈奴搶得先機，立刻湊出一千人攻擊，就可能打下鄯善。漢軍先聲奪人，讓匈奴必須增兵萬人才有勝算。

漢軍和南匈奴沿交通要道和水源地的頻繁騷擾讓各路人馬無法聚集，匈奴無法在漢軍封鎖線上打開破口。出關到扜泥城的路，已完全被漢軍控制，連南匈奴都要得到許可才能通過。北匈奴單于被迫吞下一敗。因為沒發生大會戰，歷史便略過這段故事。

班超本以為漢軍增援緩慢，他會在鄯善打至少半年圍城戰，把這裡的人都改造成抗匈機器，結果匈奴不來了。

還是玩不過竇固。

十八　冷宮

扜泥城解圍。各路兵力歸建後，還剩百餘人駐紮，剛好替換班超的雜牌軍。

班超很不想回中原，他想再去于闐。竇固給他鋪好回家的紅地毯，再不走就是叛變。

班超帶領剩下的人，包括歡喜失勢的郭恂回雒陽。他本想把匈奴孩子丟給南匈奴人，後來還是放不下，班超希望竇固為他安排面聖。但是竇融被劉秀搶劫殷鑑不遠，他不可能得到機會。郭恂打著小算盤繼續演戲，只要不激怒竇固，但是讓竇固覺得養他是恥辱，他就有機會安全離開。

竇固換下班超，準備派別人到西域立功，這是竇固的常規操作。班超是「燕頷虎頸」也沒關係。讓他賦閒一年，下次給他什麼任務他都會乖乖吃下去。如果還不聽話，兩年、三年、十年都可以。

班超在雒陽獨坐愁苦。吃完就睡，睡醒就吃，睡不著就喝。一日一日只覺得羊肉太貴，井水太甜，都市環境惡劣不適合他生存。他知道被竇固冷落，還聽說郭恂終於被低調開除了。原來郭恂還留了後手：一次失敗不能證明什麼，他設法把自己的第一功送給一位犧牲的戰友。這人發明了死中求生的戰法，郭恂只是在他死後，對輕敵的匈奴重複了兩次大同小異的套路。

郭恂讓竇固知道鄯善的功勞是班超好心「分」給他的，而他的舊部又傳來一些難聽的閒話，竇固覺得再留郭恂就會在別人面前出醜，不如給他一些銀子，讓他回鄉種田。郭恂捎信請班超儘快自立，他不會終老田園。如果有一天竇固發現被騙，那時班超最好不需要看竇固臉色。

等待匈奴圍城的日子，班超記住了每個人的名字和長相。他聽說某幾個人回原部隊後和長官處得不好。別人對他們經常話中帶刺，把他們當成太上老君降臨小破道觀。幾個在雒陽的人會帶酒肉去班超家喝個不停。知道班超是文人，幾個文盲講著道聽塗說的雒陽繁花，空氣裡卻滿是他們寫下的無形愁苦兩字。酒醒之後，班超垮著臉問哥哥可否替他安排個糊口的文職。

班超覺得自己沒機會了，連睡覺都不敢夢回西域。那天他夜半驚醒，突然想起他把屋賴帶的頭顱用燒焦的衣服包著扛在肩上，大搖大擺走進宮殿。在用手指著鄯善王眼睛教訓他以前，人頭被他順手扔在王的御用坐墊上，他罵個痛快，就把頭的事情忘了。

難怪後來每次叫鄯善王過來，都覺得他像是得了什麼心理創傷。

班超在西域沒遇上圍城，在雒陽遇上了。夜盡天明，救駕的竟是當今聖上。那天傍晚，竇固的家奴坐牛車到班家敲門，一個揮汗如雨，說是走錯村子的老僕通知班超擇吉到將軍府上一敘。

沒人知道劉莊是怎麼死的。我們只知道反對這個皇帝的力量暗潮洶湧，出兵對竇固應該有利。因為戰爭是軍閥的搖錢樹，竇固卻冷處理班超的勝利。是皇帝提醒竇固，竇固才提議再出使西域，還故意讓人選懸而未決。明帝看不下去欽點班超，過了半個月，竇固才派人去請班超。而這個所謂的吉日，又被他找藉口拖了很多天。

這回班超有底氣拒絕干涉，他說上次帶幾人入關，這次就帶同一批人出關。他要宣傳這些人是在扜泥城滅匈奴的原班人馬。扣掉幾人因故無法出征，班超請竇固為他湊齊人數。班超不知道上次誰是竇固的密探。但這次應該已經不重要了，因為這次一去不知多少年，竇固對他鞭長莫及。

看著重新組合的雜牌軍，班超感慨萬端，沒人知道隊裡已經沒有靈魂了，那個叫郭恂的男人，現已不知何處。這時班超才開始感到膽怯。

十九　分析

班超手記抄本結束於第二次出使西域，還沒離開雒陽就完了。我們不知道是他寫完了、後面的內容亡佚，還是相關人士不願公開。班超所說的內幕，可以幫助理解他的第二次出使。

春秋戰國是車戰時代，當時還沒有前後高的馬鞍、馬鐙、馬蹄鐵。騎馬困難，只能用馬拉戰車打仗。北方游牧民族發明馬具，漢人也跟著進步，馬具讓人方便騎馬，可以空出雙手射箭，到東漢騎兵已接近成熟。班超的很多操作，就是騎兵快速運用的展現。

漢人和匈奴的鬥爭是看季節的。兩方的小兵都是平民，很少人全職從軍。秋高氣爽、牧草豐盛時，匈奴的馬都肥了，這時南下剛好搶走漢人的秋收。成本最低、獲利最大，對漢造成最大損失。漢人一開始也在秋天報復，這時打仗不但影響秋收，還等於直攖其鋒。後來學會你打你的，我打我的。在春天動物繁殖時北上打擊匈奴，匈奴缺乏縱深，本質脆弱，春天受損，秋天就沒力氣了。

班超第一次出使鄯善是在西元七三年春天。匈奴很難匀出力量報復，同一年年底，他第二次出使于闐，匈奴的實力顯然強過春天。這次出使西域比前一次危險，很可能班超就是硬要在竇固人手不足的時候出去。

正史記載于闐王不久前攻破莎車，還與北匈奴建立關係，不把漢使看在眼裡。小霸王趾高氣昂，他的巫師假借天意，要用班超的馬祭神。班超請巫師來牽他的馬，巫師過來，當場把他斬了，還打了宰相一頓。這樣就嚇倒了于闐王。

這個故事很難讓人信服，為什麼巫師沒有侍衛？為什麼這次不夜襲匈奴？為什麼同一招可以用兩次？雖然班超沒再爆內幕，從前面鄯善的故事，或許可以得到一點啟發。

前面說過，鄯善可能在和匈奴談判，班超出使是「臨時起意」。漢來了，被鄯善王當成備胎。如果匈奴要價太高，鄯善可以投漢。班超在鄯善宮內可能有內線告訴他談判進度。

也許要保護這個內賊，也許他不希望其他官員知道內賊的身分（以後要情報還是必須透過班超），他捏造出鄯善僕役脫口洩漏匈奴營地位置的故事，這個幼稚的故事最後就寫進史書。這符合班超背後有人安排下大棋的假設。班超「臨時起意」向竇固請求出使匈奴，或許背後早有人安排班超為這一天做好準備。

因為這場談判漢是備胎，鄯善才沒告訴匈奴漢軍有多少人，班超才會說匈奴不知道他們的人數。鄯善還有漢，匈奴還有草原上馬匹增肥的第二隊。萬一談判破裂，鄯善可以找漢談外交，匈奴還有第二隊可以攻鄯善。如果匈奴已經是鄯善的盟友，鄯善王真想對漢下死手，匈奴就會知道郭恂有多少人。很可能鄯善王騙了匈奴，匈奴才會輕敵。

于闐和北匈奴的交易已定，北匈奴在于闐只有常駐使者，沒有兵力。我們只知道班超帶了原班人馬，他沒說這批人馬以外，是不是還有軍隊護送。使節團可以只有三十六人，但沿路有沒有軍隊與使節團同行，那就不知道了。如果班超有軍力隨行，就比較容易解釋為什麼他敢在于闐動武。更容易解釋巫師為什麼這麼笨——因為他死了。他的台詞都是勝利者塞給他的。

班超沒說，我們就不知道正史背後還有什麼故事。我們只知道史書記載，班超兩次出使西域，爭取到鄯善、于闐、疏勒歸附。但是西元七五年明帝駕崩，他的世界就開始崩壞。

二十　崩壞

明帝劉莊死於西元七五年夏，只活到四十八歲。當時東漢在西域有三個據點：西域都護陳睦在焉耆，關寵在鄯善國的柳中城，耿恭在車師國的金蒲城。

那年初春匈奴攻擊車師，明帝的身體狀況不詳，只知他沒派兵支援。近半年時間，勢單力孤的耿恭，只能靠出奇制勝和且戰且走禦敵。開始在金蒲城撐了兩個月，到明帝死的時候已經撤到車師國的疏勒城（離疏勒國一千多公里）。

明帝駕崩同時，西域的反漢勢力都動了起來。焉耆國殺了駐在焉耆的西域都護陳睦，龜茲、姑墨等國也發兵進攻班超所在的疏勒國，班超與疏勒王死守盤槖城，關寵在柳中城被圍。

章帝十八歲即位，三個月後才開始討論是否派兵至西域營救。第五倫（姓第五，名倫）是個了不起的清官，他反對擴張，主張輕傜薄賦，可以說是孤立主義。東漢的西域政策已經比漢武帝時代優化，第五倫認為還是勞民傷財，經過很多磨磨蹭蹭，半年後漢軍才到達西域。陳睦和關寵都已戰死，到冬天營救耿恭的時候，原先的三位數駐軍已經只剩二十六人，回到關內剩下十三人。

早去晚去都還是去了，早去還有機會救人，晚去就只是給他們收屍。

陳睦全軍覆沒，章帝便詔命班超撤回內地。史書講了很多疏勒國哭天喊地哀求班超留下的故事，還有人因此自殺，班超半路又回去了。其實班超就是敵前抗命，還私自組織西域軍隊收復疏勒國。接下來幾年班超留在西域繼續打仗，上奏朝廷請求增援，這是班超少數幾次要雒陽派兵。

有個與班超志同道合的平陵人（今陝西咸陽附近，和班超是同鄉）徐幹自告奮勇，皇上就派他帶兵西征，顯然皇上已經不在乎他前面的抗命了。

軍人徐幹（非東漢末年的文學家徐幹）沒留下多少歷史紀錄。如果要猜，這個人應該與竇家無關，而是班超有私交、能相信的人。第五倫雖然和平到不顧大局，他也一直反對國家依靠外戚軍隊。要不要用兵？用誰的兵？最後會付出什麼代價？這些都是東漢由盛轉衰的幾個皇帝非常頭痛的問題。

從後來的表現看，章帝也想守西域。但是在他的前幾個月，匈奴和國內的迂腐愛民和平分子聯合造成極大的破壞，班超好不容易收拾完殘局，就恢復西域都護府，建立竇家無法插手的西域。

廿一 無奈

一切都是代價問題。班家有才有能，其他什麼都沒有，所以他們傍上竇家。皇上威震天下，要做什麼的時候，也是有求於竇家。表面上竇家可以呼風喚雨，漢朝衰敗，失去最多的也是竇家。

班家人多勢眾是假象（見附圖）。故事主角是班超，班家部分自然詳細，竇家只選了有關的一小部分。竇家男的很多是駙馬，女的很多是嬪妃、皇后，個個是皇親國戚。比較完整的竇家家譜，會是一大片眼花繚亂。

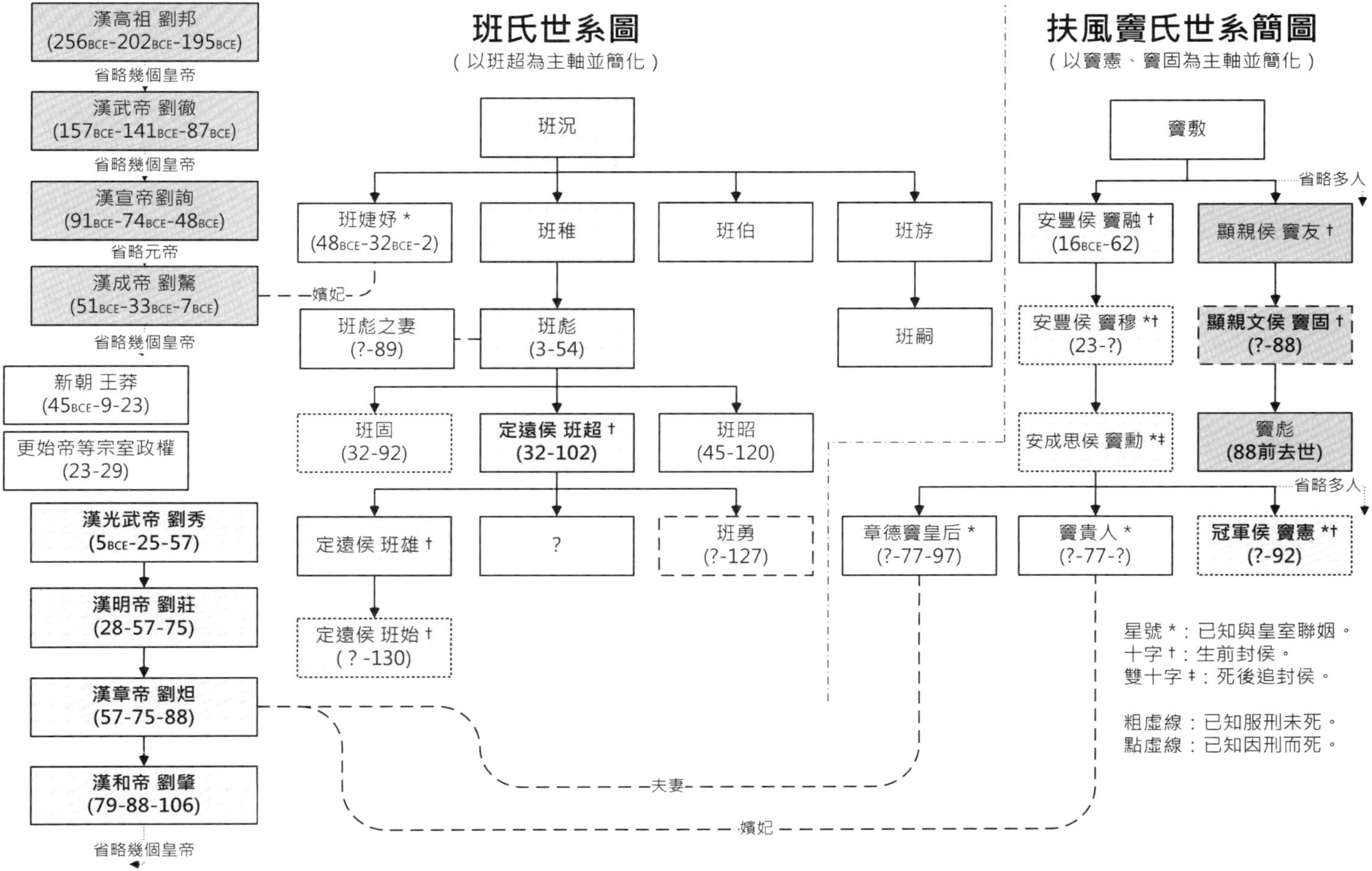
班氏世系圖
（以班超為主軸並簡化）
扶風竇氏世系簡圖
（以竇憲、竇固為主軸並簡化）
漢高祖 劉邦 (256BCE-202BCE-195BCE)
省略幾個皇帝
漢武帝 劉徹 (157BCE-141BCE-87BCE)
省略幾個皇帝
漢宣帝劉詢 (91BCE-74BCE-48BCE)
省略元帝
漢成帝 劉驁 (51BCE-33BCE-7BCE)
省略幾個皇帝
新朝 王莽 (45BCE-9-23)
更始帝等宗室政權 (23-29)
漢光武帝 劉秀 (5BCE-25-57)
漢明帝 劉莊 (28-57-75)
漢章帝 劉炟 (57-75-88)
漢和帝 劉肇 (79-88-106)
省略幾個皇帝
班況
班婕妤 * (48BCE-32BCE-2)
嬪妃
班稚
班伯
班斿
班彪之妻 (?-89)
班彪 (3-54)
班嗣
班固 (32-92)
定遠侯 班超 † (32-102)
班昭 (45-120)
定遠侯 班雄 †
?
班勇 (?-127)
定遠侯 班始 † (?-130)
竇融
省略多人
安豐侯 竇融 † (16BCE-62)
顯親侯 竇友 †
安豐侯 竇穆 *† (23-?)
顯親文侯 竇固 † (?-88)
安成思侯 竇勳 *‡
竇彪 (88前去世)
省略多人
章德竇皇后 * (?-77-97)
竇貴人 * (?-77-?)
冠軍侯 竇憲 *† (?-92)
夫妻
嬪妃
星號 *：已知與皇室聯姻。
十字 †：生前封侯。
雙十字 ‡：死後追封侯。
粗虛線：已知服刑未死。
點虛線：已知因刑而死。

班彪為竇融工作，班超為竇固工作，班固為竇憲工作。不為什麼，就因為竇家有地、有錢、有權、有勢、有兵、什麼都有。像春秋戰國養食客一樣，人才無路去，就投靠願意長期投資的人。雖然班超手稿沒公開他家上一代的內幕，從許多生活小事不難發現兩家間的糾葛，以及暗藏的權力關係。

班彪最初投效隗囂，兩人觀念不合，班彪於是投靠竇融，安排他歸附劉秀。史書記載竇融對班彪深敬待之，接以師友之道。沒多久劉秀注意到竇融背後有高手，就當面向竇融討來班彪。竇融不會和劉秀翻臉，但他可以給那個人很多麻煩。班彪發生什麼事沒人知道，班家的孩子還沒出生，知道也沒敢寫下。我們只看見班彪任職徐縣令前後掙扎特別多，兩家還發生很多啟人疑竇的糾葛。

竇固生年不詳，父親竇友是竇融的兄弟。西元三〇年前後他在河西為竇融服務，西元四〇年與涅陽公主結婚，因此必然比班家的兩個兒子年長。但無法確定班彪為竇融服務時（二九年前後），竇固是否已在竇融手下。班彪可能先知道竇固，再命名班固（三二年）。這暗示兩家可能一直保持關係。班彪與竇友，兩人的兒子同名，不管竇家怎麼想，如果光武帝知道，會不會懷疑班彪的忠誠？竇固的兒子叫竇彪（生卒年不詳）。從為長者避諱的角度看，雖然「彪」是班家的私諱，同時期還有在竇太后手下對竇家敢怒不敢言的鄧彪（？—九三），竇固替兒子取名竇彪，怎麼看怎麼覺得竇家對班家不客氣。

竇固西元四〇年結婚，西元七三年班超隨竇固出征時，竇彪早該出生。竇彪比其父早逝，但因為竇彪當過武官射聲校尉，應該活了一定歲數。至於出征時在不在，那就不知道了。班超沒說他心裡是怎麼想的，或許竇固不是特別給他面子，甚至班超可能是迫不得已才要投靠竇固。

不管班超有多少無奈，起碼他脫離了人云亦云的那個圈子，還在西域打了一片天。他的生命可能與竇固再也沒有交集，于闐王的巫師嚇不倒他，他還砍了巫師的頭。

西元七九年章帝在雒陽親自主持白虎觀會議，官員代表皇帝向學者發問，各家產生共識後，由儒生代表統一回答，章帝裁定是否接受。會後班固奉旨總結，寫成四卷《白虎通義》，確定讖緯之術與儒學地位相等。

廿二 跋扈

竇固這一系還可以，包括竇憲和竇皇后的竇勳一系，可說是歷朝歷代外戚囂張跋扈的里程碑。

光武帝的陰皇后（五一二三一六四）來自世家大族，明帝的馬皇后（四〇一六〇一七九）是功臣馬援的女兒。兩位都是正派人物，家族也都不壞，到章帝就被竇憲的兄弟姊妹搞到腥風血雨。

竇家貪得無厭、不擇手段令人嘆為觀止。好比竇憲的祖父竇穆為得到六（ㄌㄨˋ）安國封地，假造陰太后詔書，命令六安侯劉盱（ㄒㄩ）休妻另娶他的女兒。案發後竇憲的祖父和父親都死在獄中，還連累遠親竇固在家遭軟禁，但竇家就是死而不僵。西元七五年明帝駕崩，章帝繼位，西元七七年章帝娶了竇憲的兩個妹妹，其中一位不久後成為皇后，另一個成為貴人。竇憲的兄弟們全部高調復活、變本加厲，其他外戚家族立刻遭殃。

竇皇后才貌雙全，進宮就現出原形。她生不出孩子，西元七九年明帝遺孀馬太后病逝，就搶了梁貴人生的皇四子劉肇，並操作章帝改立劉肇為皇太子。雖說皇后不孕，可以過繼嬪妃的小孩。但她搶劫殺人，至少虐死四個嬪妃，包括劉肇的母親梁貴人和她的家族。竇皇后在後宮勤勤懇懇幹壞事。還加班加點掩護兄弟們為非作歹。好比竇憲低價強買一位公主的田產，砍了當年審判他父親的人的頭，全都是皇后撐腰。

西元八八年章帝死後，不到十歲的劉肇繼位為和帝，尊竇皇后為皇太后。大權在握以後，皇太后瘋狂賞賜自己的兄弟官位和封地，整個家族雞犬升天。和帝可能還不知道自己的真實身世。不管是早熟還是有人提醒，他已發現情勢險惡。
西元八九年竇憲派刺客殺了擋他財路的都鄉侯劉暢，嫁禍另一位無辜的劉先生。連皇太后都難保他。竇憲為免死罪，就請纓伐匈奴，並讓班固隨行。竇憲率領漢與外族組成的聯軍大破北匈奴。竇憲在燕然山上（今蒙古國杭愛山）命令班固撰文刻石碑記功，史稱燕然勒石。
從這裡可以發現，即便有了正職，班固還要依附竇家。更奇怪的是，兩漢極重視儒術，西元八九年班固母喪辭官在家守孝，就當了竇憲的私人參謀。為了國家安全還有避免逃兵，武官可以縮減守孝。但是文官很少能不守孝。《後漢書》沒說班固是自願還是被迫，我們只知竇憲的軍隊很可能不缺文職，他卻把該在家守孝的班固帶走了。
兩年後竇憲再次北討，徹底擊潰北匈奴。北單于抱頭鼠竄，從歷史上消失。最無奈的也許是在天的漢朝列祖列宗和班彪。經過數百年實踐，東漢學會用南匈奴等外族壓制北匈奴。比打仗便宜。為了讓罪犯免死，這場臨時決定的戰爭可能代價不低。班彪發明的策略，被他兒子刻了墓碑。

竇憲策劃謀反，打算殺才十三歲的和帝奪權。結果沒想到少年聯合宦官，在西元九二年竇憲回京時把他們一網打盡。和帝動不了皇太后，但他可以命令竇家兄弟回到封地自殺。皇太后成了深宮擺飾，活不到五十歲就死了。

同樣在西元九二年，班固也被打入大牢，據說是多年前班固的家奴酒後辱罵官員。竇憲死了，班固沒了靠山，官員就把還在編《漢書》的班固抓進大牢凌虐。雖然官員後來被皇帝治罪，班固早已被埋。誰知道理由是真的？還是藉口？

廿三　自私

竇皇后可能是被家傳的自私自利害死的。竇皇后從入宮就有很多可疑處，明帝的馬皇后是功臣馬援的女兒，馬援老年自告奮勇平定嶺南，西元四八年病死征途。過去的敵人公報私仇誣陷馬援，劉秀追回賞賜。馬家家道中落，馬援也無法好好下葬。誣告者之中，竇固也有一份。

馬援死後受罰，因為親戚幫助，才讓馬援的小女兒進太子宮。劉秀死後劉莊繼位，立馬氏為貴人。馬氏沒生出孩子，明帝就讓她照顧同父異母姊姊之女賈氏所生的劉炟（ㄉㄚˊ）。太后陰麗華認為馬貴人德行最好，建議讓她當皇后。

竇皇后的遭遇和馬皇后很類似，都是父親獲罪，入宮改變命運，獲得太后喜愛成為皇后，生不出小孩，過繼別人的兒子。但馬家是無辜的，竇家罪有應得；馬皇后宅心仁厚，竇皇后心狠手辣。

竇氏的母親是劉秀與廢后郭聖通的孫女沘（ㄅㄧˇ）陽公主，從小母親就培養她進宮。馬太后不計前嫌，也接受了敵對家族的女兒。

章帝劉炟是劉秀和陰麗華的孫子，血緣接近有沒有問題沒人知道，反正竇皇后沒生出孩子。她要了梁貴人的兒子，再想辦法讓這個孩子變成太子。這個地方可能顯出竇皇后的極端自私，當年她和妹妹一同入宮，竇貴人生兒子，對竇家同樣有利，但是竇皇后就可能失寵。若非兩人都不孕，或是竇貴人只有女兒，就可能是竇皇后打壓自己的妹妹。

從竇憲殺劉暢就知道，這家人病態自私。和帝年幼，太后攝政，她不可能完全偏厚竇家，也要留一些權力給劉家。竇憲覺得她給劉暢的餅是他的，便安排刺客殺了這個人。雖然竇家其他支系依舊家大業大，隨著東漢日益衰敗，竇家的日子也開始倒數。

廿四　刀筆吏

西域都護是個了不起的大官，甚至是對皇帝有威脅性的幕府。這個天高皇帝遠的位子可能讓人兩面受敵：一邊在西域拼命，一邊在國內受皇帝猜忌。例如西元八四年班超還在平定西域的時候，朝中就有人詆毀他平定西域無功，只知道擁抱愛妻、愛子，在西域享受安樂不顧國內。簡直是東漢版的樂不思蜀。於是班超讓他的妻子離開，到底怎麼做算是離開，歷史好像沒說清楚。

兩漢的約二十位西域都護多半平安無事，連歷史都沒記錄。但是漢朝紛亂的時候，安危就很難說了。班超前的三位西域都護全都戰死，就因為漢朝動亂。

第一任西域都護鄭吉是班超的前輩，武帝的勝利勞民傷財，宣帝改用經濟、政治、軍事三管齊下的手段打擊匈奴，匈奴受創後派鄭吉去渠犁（今新疆庫爾勒以南）屯田養兵，鞏固根據地。鄭吉壯大後發兵打敗車師，防禦匈奴挑釁，得到車師王信任，車師因而歸漢。這是漢經營西域的開始。

宣帝先讓鄭吉護衛鄯善西南各國，再加上車師西北各國，所謂「都」護，就是同時守護南北兩道的意思。

西漢最後一任都護但欽，新莽初年，被匈奴指揮焉耆等國攻破烏壘城慘死。不久後，新朝派李崇在它乾城建立新的西域都護府，還是被焉耆擊敗，只能退守莎車。王莽死後西域大亂，李崇也戰死了。光武帝結束割據，建立東漢，無力控制西域。這段半世紀的空白期在明帝時代結束。就是我們所講班超的故事。

班超到西域後不久，陳睦任西域都護，位子還沒坐熱，明帝就駕崩。陳睦死在焉耆和龜茲的聯軍刀下。班超在西域活動的前期，就是為了重新建立抵抗匈奴的西域環境，然後他又重建了西域都護，這可以說就是他自己創造的位子。

班超的家譜裡有班伯、班斿（ㄧㄡˊ）、班稚等祖輩人物，他們都是頂尖文人。班伯曾代表漢與單于會面；班斿則有特權，可以入宮閱讀書籍。很多皇室成員都還不准進宮閱讀司馬遷和先秦諸子的著作，班斿可以。可能因為班家保留了他的宮中文獻筆記，班彪死後班固才能在家繼續著史。被人發現私自著作，正好是班固年輕時第一次入獄的原因。

當年的抄寫員稱為「刀筆吏」，是因為竹簡上寫錯字，用小刀把字刮掉才能重寫。班超發現自己做的還是類似的工作。身為武人，他用刀除去錯誤，以後史官寫出來才好看。也因為如此，班超一直有對自己未來下場的自覺，對自己的身段格外在意。

除了打天下的鄭吉在位十一年（死在任上），還有遇上新莽的但欽（西元一三年被焉耆殺死），正常期間的西域都護都是滿三年回家，避免成為土皇帝。班超和鄭吉都是打天下的人，不受任期限制。但我們可以發現，西元九五年在他當上西域都護四年後，和帝賞賜給他定遠侯，可能是一種牽制，因為他必須把長子班雄送回關內管理封地。為了不超過前兩人的記錄惹人議論，就職十年後他又派三子班勇回雒陽，由班昭出面上書皇帝讓班超回鄉。回雒陽不久他就去世了。

皇帝			地點	任	姓名	任期		長度	備註
宣帝	74BCE	48BCE	烏壘	1	鄭吉	60BCE	49BCE	11	與宣帝同年死
元帝	48BCE	33BCE		2	韓宣	48BCE	45BCE	3	
				3	?	45BCE	42BCE	3	
				4	?	42BCE	39BCE	3	
				5	?	39BCE	36BCE	3	
				6	甘延壽	36BCE	33BCE	3	
成帝	33BCE	7BCE		7	段會宗 1	33BCE	30BCE	3	
				8	廉褒	30BCE	27BCE	3	
				9	?	27BCE	24BCE	3	
				10	韓立	24BCE	21BCE	3	
				11	段會宗 2	21BCE	18BCE	3	病死烏孫
				12	?	18BCE	15BCE	3	
				13	郭舜	15BCE	12BCE	3	
				14	孫建	12BCE	9BCE	3	
哀帝	7BCE	1BCE		15	?	9BCE	6BCE	3	
				16	?	6BCE	3BCE	3	
				17	?	3BCE	1	3	
平帝	1BCE	5		18	但欽	1	13	12	焉耆殺但欽
孺子嬰	6	8							
新	9	23						3	空白期
			它乾	19	李崇	16	23	7	死於龜茲
								80	東漢前共存在 80 年（不含空白期）

群雄亂鬥

光武帝	25	57						51	空白期
明帝	57	75	焉耆	20	陳睦	74	75	1	焉耆、龜茲殺陳睦
章帝	75	88						16	空白期，班超征戰
和帝	88	105	它乾	21	班超	91	102	11	92 年班固死獄中
				22	任尚	102	106	4	
殤帝	105	106		23	段禧	106	107	1	撤銷西域都護
安帝	106	125	龜茲						
								17	東漢時代存在 17 年（不含空白期）

廿五　悲劇

很多鬼故事說人住進鬧鬼的房子，變成比鬼更可怕。貴族的位子數量有限，貴族圈子好像也有一種力量，讓人都能得到屬於自己的悲劇。

光武帝的皇后陰麗華是個明智的人，她的家族可以追溯到春秋時代的管仲。陰麗華的侄子陰豐，和她的一個女兒酈邑公主結婚。但是婚姻不睦，陰豐與公主爆發嚴重衝突，陰豐持刀殺了公主。後來明帝賜死陰豐，他的父母也自盡。

班超的家族沒有封地，兩代依靠竇家。班超先成為西域都護，再得到定遠侯的千戶封地。用竇家幾千戶、幾萬戶的標準看，征討三十年得到這點芝麻綠豆實在有點可悲。但是班超交給長子班雄的，已經遠遠超過他的父親。

班超有三子，可能帶有西域血統。長子班雄繼承定遠侯，次子不詳，三子班勇和長子同為武官。兩個已知的兒子各有戰功，但是班勇因為別人提前發動攻擊而被免職下獄，最後被赦免而老死家中。

班雄死後，班始繼承為第三代定遠侯，娶陰城公主劉堅得。這位公主是漢順帝劉保的姑姑，她從不給班始面子，與寵愛的侍臣同住就算了，還要班始趴在他們的床下。班始憤恨難平，一刀捅了劉堅得。漢順帝本來想把班始家族滅族，是靠官員據理力爭才收回成命。最後班始被判處腰斬，他的同母兄弟一同被斬首棄市。

列侯的位子，班家傳了半個多甲子又交回去了。

廿六　家

東漢初年氣候普遍較暖，匈奴得水草豐沛的優勢，一時間稱霸草原。班超的時代氣溫略降，匈奴的優勢就消失了。大約西元八八年前後，草原發生嚴重蝗災，人馬都陷入饑荒，這就成了漢朝攻破匈奴的契機。風中的塵埃不理解風，風卻能改變億萬個塵埃的命運。

班超經常想起風沙與蟬鳴聲中的那條出城泥土路。

班超投筆從戎離家那天，哥哥班固一路送他，不願分開。父親班彪早逝，母親的身體時好時壞，妹妹班昭出嫁了，班固是唯一能送行的家人，他刻意多陪班超走了五里、十里、更多里路。

「只要你還在不遠的地方，有時間就回家看看吧」，班固擠出一點笑容。

兩人都知道以後恐怕一生無法相見。同在雒陽還能互相支援，今後誰要是出了什麼事，沒人能救。

「我要功成名遂，才有機會回來。哥哥，您也要保重自己。」

「記得小時候差點被蜈蚣咬嗎？」班固突然想到什麼。

「什麼時候？」班超想了一下，「你記錯了！是我們看蜈蚣被雞啄了。」

「當時你問我，天以終歲之數，成人之身，故小節三百六十六，副日數也。為什麼人的小骨節要對應一年的天數？為什麼不說人有三百六十六個肢體？」

家裡大部分藏書，孩子們都能倒背如流，這是生活。

「我開玩笑，你還記得啊？」班超笑了，「是不是那次王大哥也在？」直到王充過來，他們才知道人世間真正的天才長什麼樣子。

「你記得很清楚啊。要是人有三百多個肢體，九十幾隻是寫文章的右手，長了幾萬顆腦袋也不夠砍。」

班固想了一下。

「你抄書還沒事。也許我才應該要從軍。」

班超笑著笑著，突然兩人都沉默了。也許上戰場比留在雒陽安全吧。

評審評語——

作者在明確的歷史背景底下，另闢蹊徑，重新詮釋出一段新的歷史視角，堪稱創意甚佳。從歷史小說的題材選材上來看，最適合寫作的主題是像班超這樣一個讀者有點熟又不太熟，相關史料有點多又不至於太多的角色。才能夠讓作者在空白處發揮適度的創意與想像力。最後達成嶄新的人物形塑，呈現在讀者的面前。誠如文中所云：「手稿結束於此，但東漢人物此後呈現新面貌」。

此外，本篇小說反映出明顯地質疑和反省史實的意味，例如文中提到：「他們串出來的故事，就是正史。」可知作者對於正史的權威性與公信力，事實上存在著相當的質疑。於是憑藉自己的書寫，集考證、歷史、故事於一爐，讓我們看見了他的大企圖，但整篇小說的敘事理路卻也失之凌亂。

——朱嘉雯

獲獎感言——

寫作是工作，製作DIY小玩意是興趣，寫小說卻很意外。凡事起頭難。我很怕文學創作。就連給人取名字，都有種天生的抗拒。所以我感謝千千萬萬歷史人物，還有記錄他們的史官。有他們留下的白紙黑字，才輪到我說故事。我的創作是先寫個考試不會打錯的大綱，然後胡說八道。三萬字篇幅不多。如果這篇小說裡有些人離開了不再出現，有的伏筆埋了也不發芽，希望未來還有機會用更多故事收拾前面留下的攤子。

叁獎

第十三屆
全球華文文學星雲獎
短篇歷史小說

平戶啼血

曾昭榕
員林高中國文老師

學歷——
中正大學中文系、成功大學中國文學系碩士

經歷——
新北市文學獎散文獎並獲選九歌年度散文選
第十一屆全球華文文學星雲獎長篇歷史小說評審推薦佳作獎
第十二屆全球華文文學星雲獎長篇歷史小說寫作計畫補助

平戶啼血

破曉時分，當崇福寺的鐘聲以步履的姿態，彷彿木屐叩問寂寂的黑石板路，夜色如墨藍的潮水逐漸褪去，熹微日光自鬱綠的嶺脈、山谷與寺廟，參差滲透至海岬處的整齊的木製平房、商館與坂道間，一名喚為左衛門的給人開啟了大門，提著一桶水走出，開始準備在奉行所一日的工作。

此處是長崎奉行所，作為幕府下令唯一能允許外國船隻入內經商的港口，因此左衛門不時能見到紅髮碧眼的南蠻，抑或是黑髮黑眼珠的唐人來此交涉，不論是朱印狀的申請抑或是各項紛爭的申訴，奉行所都是幕府對海外唯一的擁有仲裁權的機構。原本此地還有不同國家的南蠻，伴隨著高大山脈一樣的黑船還有切支丹信仰，但隨著幕府將軍的命令，多數南蠻不論佛郎機抑或是英圭黎人，全都被驅逐出境了。為了徹底斷絕切支丹的滲透，將軍大人還下了嚴苛的命令，禁止所有人民出海，違者將會被處以流罪抑或終身監禁，這可傷透左衛門的腦袋了，原本他是豐後國[1]的武士，作為次男的身分，註定無法繼承家業，因此成年後便獨身來到長崎，有時是隨著南蠻人出海，抑或乘坐懸掛著八幡大菩薩的船舶與唐人交易，當鎖國的命令下來，可真斷絕了生路。但這也沒辦法，畢竟是崇高、威嚴的將軍大人下的命令，自己也僅能遵守。也幸好後來託人找

1　今九州大分。

了個差事，便來到奉行所官衙裡，從小姓開始逐漸升職為給人[2]，但他其實主要還是協助奉行大人身邊的家老：勘兵衛大人的差遣。

正將一桶桶水澆灑在奉行所前這一株高大的杜鵑花，素白的卵石上突兀著指爪分明的枝條，記得他方到奉行所時，這株杜鵑還不過半人高呢！這幾年卻是越發生長得頭角崢嶸起來，像是用鮮血給澆灑過，此刻清晨時間，渾圓的白露垂掛在累累的血色花苞、花萼與花瓣之間，每一株花與葉竟像是銳利的刀劍般。

只見一個黑狗似的影子緩緩浮現，近一點來看，才發現是居住在唐人屋敷的雜役助才門。

這幾年來，最頻繁來此申訴的可謂是唐人，早年葡萄牙人也常來此處申訴阿蘭陀的八幡[3]惡行，但由於幕府的禁令與驅逐，剩餘的切支丹都被處以令人恐懼的火刑，左衛門還記得廣場架起十字架的火刑柱，無論是夫妻、幼兒都被綑綁起來活活燒死，口中還吟誦著聖歌的情景，那熊熊燃燒的紅蓮彷彿是地獄之火的場景，儘管過了數年，依舊難以忘懷。

不過那又如何呢？連有馬晴信、高山近右等……身為一方藩主的切支丹大名都因為信仰的關係遭遇流放，但雖如此，這些大名的領地至今仍傳言藏匿有不少的切支丹，尤其在薩摩一帶。

助才門的臉色微紅，想必是方才喝了些酒了吧！左衛門稍稍一聞不忍皺了眉頭，這莫不是葡萄酒吧！要知道葡萄酒可是切支丹行聖餐禮時的必備物品，要是被其他人發現，恐怕會惹上麻煩，隨即自腰邊拿出清酒，要他喝個幾口洗去原先酒味。

2 在長崎奉行之下有家老、用人與給人數名協助奉行所的職務，家老：通常是家臣中的長者，僅次於奉行，用人則是接受聘任的公務人員，而給人則是按件計酬者。

3 明朝中葉倭寇船上多懸掛有八幡大菩薩，而這些倭寇其實混合了九州、寧波一帶的徽商與福建的閩商，在政府海禁的政策下從事商業或劫掠行為，因此在日本八幡帶有劫掠的意味，代表非法的掠奪者。

助才門原來是閩越一帶的唐人，名字叫做什麼老吧！那漢語的發音他也記不住，兩人也曾經一起出海過，但助才門背後那強悍的船主卻讓明國的皇帝給殺害了，失去船隊庇護後輾轉來到了長崎，年紀大了病痛多再也無法出海，便在附近的店鋪擔任雜役的工作。

「你說，今日會不會有人來此申訴八幡呀？我賭一枚小判。」助才門撮嘴喝了一大口後，用袖子擦嘴道。

左衛門皺起眉頭，長崎奉行所管理各項海外貿易事務，但最重要的莫過於將軍武威的維護，以及貿易紛爭的協調了，尤其在這個唐人、阿蘭陀[4]人與朝鮮人密切往來的商道之所，更是得隨時注意，方得使貿易順暢。

「你可別說這些叫人觸霉頭的話呀！」

話才說完，卻見道路盡頭處，日光閃爍間，兩名唐人衣冠者向前走來，前者身著白衣絲綢，像是一隻翥翅的仙鶴，另一人卻是身著黑衣，一黑一白如同棋盤上的黑白子。

「你們是？」

「我們是國姓爺麾下的武將陳澤，與通譯李欽日，要為智武營底下商船遭到荷蘭布略克倫號劫掠之事，向長崎奉行表達申訴。」

這兩人衣冠楚楚，卻不似一般的受難者衣著襤褸步履蹣跚，但見對方送來的信封口處帶有鄭氏朱印[5]，左衛門不敢輕慢，立即入內傳達。

走入奉行所大門，眼前一片白石鋪練長道，左右擺放的岩石如棋局，展現枯寂的禪意山水，李欽日年約弱冠，頭戴網巾，身著水色直羅衫，他出身於廈

4 荷蘭在漳泉語被稱為呵南黎，在日語被稱為阿蘭陀，為了還原歷史場景，會依據不同的情境輪流更換。

5 至今平戶松浦文獻博物館內，藏有鄭氏朱印，可見其在海上貿易時作為印信使用。

門港口村的光裕堂[6]，通曉日語和呵南黎語，在船隊裡擔任通譯職位；陳澤[7]則一身銀黑戎衣，紺青斗牛紋對襟罩甲，他乃漁兵出身，自幼以海為田，眼眉間盡是日晒的色澤，自從安南伯鄭芝龍開拓馬尼拉這一條綴滿了白銀與生絲的銀白針路後，那些像自己一樣操舟維生的蜑民與漁戶，便如點滴潮水匯流至鄭家軍旗下，隨著西南風開啟之際，操起趕繒船奔走東西二洋，犁海營生。

隨著眼前的左衛門來到書院，遞來茶盤後，手捧黑樂茶碗，引了一口濃墨色的茶湯，日本向來講究茶道，喜愛將茶葉研磨成粉，不似明國茶色清澄，覷了一眼周圍擺設，桌案上邊緣缺損的白陶邊緣間插著一株緋色野櫻，彷彿菩薩的懸腕以一花開五葉的姿態侘寂綻放，而牆面上則懸掛著中峰明本的草書墨蹟，另一玄關處則掛有水墨勾勒、帶有吳門筆意的〈香山九老圖〉[8]。

書院向來是奉行接待高官之所，足見奉行所對於國姓爺的尊重，然而雖然如此，此刻陳澤內心仍是充滿著膠著，畢竟此行的目的，是期望奉行所能夠為己方遭到劫掠的船舶討公道，狠狠地給予呵南黎制裁。

當推門拉開，只見一名年約五十，氣度威嚴的男子走出，那人正是此時擔任奉行的甲斐庄正述[9]。

作為奉行，他已經有數十年處理各項大小案件的經驗了，但對於處理這類海上的八幡事件，仍是感到彷彿行走在赤紅的鐵塊上棘手，畢竟要如何妥善處

6 根據法國學者蘇爾夢在印尼收集到的李氏族譜，記錄李氏光裕堂在海外發展的情形，最著名便是麻六甲第二任甲必丹李為經，而族譜中亦記載李氏在海外從商以及為國姓爺貿易之事，因此將族譜內容裁剪作為小說情節。

7 此次事件改寫自一六五七年的布略克倫號劫掠事件，由於荷蘭與鄭氏的商船在許多貿易線上都具有重疊，因此引發了貿易上的衝突，其中在西洋針路上，荷蘭人認為己方具有獨占貿易，但閩商卻透過賄賂當地官員的方式，偷偷運走具有貿易價值的水牛角、龍腦香、牛皮……荷蘭人多次向暹羅官方抗議無果，而為了躲避荷蘭人的攔截，鄭氏船舶自廣南、柬埔寨處出海，但經過交趾的崑崙島補充淡水之際，卻碰上了布略克倫號的劫掠，當時被俘的閩商船員有五十多人，其中一部分被轉移到於爾克號，中間兩艘船分別碰上風浪，分別漂流至大員與薩摩島，被俘獲的船員趁機逃離，之後這些船員由一名紀錄為 Tantsinquan 的人，代表鄭氏前往長崎奉行所進行申訴，考慮閩語的陳發音為 Tan，而 quan 可能是閩語習慣稱人為「官」，此人可能是鄭成功麾下的部將陳澤，Tantsinquan 為陳澤官。

8 至今長崎奉行所處仍掛有此〈香山九老圖〉。

9 此時擔任奉行的為甲斐庄正述與黑川正直。

理，又不要過度介入各國海上的紛爭，中庸之道，是他一向秉持的宗旨。

「對於你們的申訴書，我已經詳讀完畢，但是你們要知曉，此次八幡事件的發生地在於崑崙島，並非於女島，要知道雖然維護將軍的威權，乃是我們奉行所的要務，但是否要對阿蘭陀進行裁決，仍要經過詳細的調查。」

「但是我們擁有將軍大人核發的朱印狀，我們鄭氏商船向來信譽良好，年年為德川將軍運送珍貴的生絲與綢緞，因此我方以為，此次劫掠是對將軍武威的強烈冒犯，若置之不理，恐怕會助長阿蘭陀人的八幡惡行，此後海道永無寧日。」李欽日聽完後以日語回答，他知曉在聖安東尼奧事件後，奉行所判決阿蘭陀人必須對被劫掠的佛郎機做出賠償，也就是經此一役，基本確曉日本鄰近的海域權力界限所在，而雖然眼前的甲斐庄奉行態度謙和，但從他的口吻來看，並不想將權力延伸出女島之外。

甲斐庄聞言眉頭一皺，的確，畢竟數年來阿蘭陀八幡的行為始終未曾停止，不時處理這類的申訴案件，的確令他相當心煩，事實上不只是他自己，連將軍大人也對屢次劫掠感到深深的厭煩了，看來還是得做出適當懲處才行，才能避免火勢不慎燎原，他道：「此刻布略克倫號是否已經入港了呢？」他說這話時面向的是家老勘兵衛，見狀，左衛門立即取出名冊遞與勘兵衛，翻閱一陣後，勘兵衛回答道：「就在三日前，接獲布略克倫號入港的通知，當時我曾經與左衛門等人上船搜查，見無異狀，便讓其通行。」

陳澤明白，由於幕府禁教，因此任何外國船隻入港，都會派人上船嚴查有無切支丹或宣教士的藏匿，因此問道：「請問是否發現我們被關押的同伴嗎？」

經過李欽日的翻譯，勘兵衛回答道：「上頭沒有發現任何被關押的唐人，但依據阿蘭陀的申請，此次出海的船隊中尚有另一艘於爾克號，由於風浪的關係失去了聯繫。」

那麼自己的同胞想必是被囚禁在於爾克號上吧！不知道他們此時安危如何？是否失去了性命，一想到這裡，陳澤的內心不禁焦灼起來。

甲斐庄對勘兵衛道：「你隨即派人前往出島[10]，告知館長布舍里翁，並立即抓捕布略克倫號上的船長與船員，其餘人明日隨我前往布略克倫號上勘查，旬日後，一干人等於對面所[11]進行審訊。」

閉上眼睛，陳澤每每都會想到那日的場景。

韃子已經入寇兩浙，常熟、太倉、嘉定一帶淪為焦土，要取得兩浙的生絲，已經陷入了重重危機，原本賴以為生的命脈就這樣被掐斷，如今剩下的另一條命脈，便是至西洋針路的暹羅，購買水牛角、魟魚皮以及鹿皮牛皮，由於貿易的海道與呵南黎有重疊之處，因此雙方屢次產生衝突，那日為了避免呵南黎的作梗，他所屬的智武營特地準備了金錢賄賂暹羅重要官員，取得所需貨品後迅速自柬埔寨出海，然而，行經交趾的崑崙島，打算在此補充淡水與糧食時，卻見兩艘也哈多船自海岬處出現，彷彿隱匿在礁石間準備獵捕魚群的煙仔規[12]，轉瞬間便將他們給圍入海灣以利齒撕裂。

己方船舶就在猝不及防的狀態下，遭到敵方猛烈的火炮攻擊，由於商船缺乏足夠的武器，所幸那時借助風勢，加上自己所搭乘的智武營甲號船正巧離崑崙島尚有一更的距離，因此順利突圍，但是船首上，陳澤眼睜睜地望著剩餘的船舶被圍困在海灣處，船員被銬上了鐵鍊，卻只能徒呼負負。

當國姓爺聽到己方船舶在崑崙島遭到劫掠時感到極端的震怒，為何我方船隊屢次遭劫，必定是我方內部出了細作，否則海上如此之大，西洋針路何其繁複，為何呵南黎的也哈多船屢屢能知曉我方的船舶經於何處？必是有人通風報信。

震怒之下，國姓爺下令嚴查底下的船員，而自己的兄長李邦圖卻在此遭人

10 荷蘭人原本在平戶建立商館，之後幕府為了控制荷蘭人並集中管理，在一六四一年到一八五九年期間，將所有荷蘭人遷徙至長崎出島，此一人工島，也是商館所在地。

11 即奉行所內的審訊室。

12 即克氏兔頭鮋，性格兇猛牙齒鋒利。

構陷，幽於纍紲。

最令他憤怒的，構陷兄長的不是別人，而是親族的曾我遜。

回想自家李氏光裕堂，世代與曾厝安的曾氏一族結為秦晉之好，早些年光裕堂因為受到雁塔林氏的傾軋，因而一蹶不振，後來多虧了兄長李邦圖的運籌帷幄，掌管下番船多次獲利，因而重振了廈門光裕堂的風采，只是自從建州女真的鐵蹄踏破中原，隨著直隸、登州、河北的先後淪陷，尤其當女真渡過長江，進逼攻陷南直隸，斬斷了閩商自兩浙取得生絲的命脈。

也是如此，長兄李邦圖儘管自西洋針路運來水牛皮、龍腦香與牛角諸多貨物貿易，且每次都能獲取十倍的利益，卻還是抵不過國姓爺與韃靼用兵的虧損，也是在此情況下，李邦圖檢點帳本，才發現曾我遜吞沒了價值連城的珍寶龍涎香。

還是數年前李邦圖與曾我遜等人一同探查針路時，偶然在海岸邊撿到了龍涎香，雖然是曾我遜不意獲得，但畢竟是船隊出海，依照慣例，不可視為私人財產，必須交予船主鄭芝龍處置才是，但曾我遜表面虛與委蛇，暗中卻打算私吞，此事被李邦圖發現後，他念及親族情分，未將此事說出，只要求曾我遜儘快將龍涎香上交，不料轉瞬間風起雲變，那曾我遜竟然利用國姓爺徹查手下的時機，反誣陷叔父李邦圖私通呵南黎。

「這件事情說來，我也是有責任的，當初前往台灣探勘針路，我也與他們二人同行，若我早日發現那曾我遜暗中窩藏龍涎香之事就好了。」方走出奉行所，兩人談論案情，陳澤惱恨道。

「澤官叔叔也無須自責，事情既然已發生，再去怪罪任何人也於事無補，所幸國姓爺願意讓我隨你前往奉行所處理申訴之事，我只希望能辦好此事，立了些許功勞，返回廈門時趁國姓爺心情好，為兄長求情，請他重新審查案情。」李欽日自小在琅嶠（現今恆春）成長，童子時才由長兄李邦圖帶回光裕堂親自教導，對他而言，長兄便如同第二個父親一樣。

「我也是，此次申訴對我來說亦是只許成功，不許失敗。」陳澤握緊雙拳道，每每閉上眼睛，他便能想起那日的情景，想到還有自己的同袍被呵南黎給捉去，至今生死未卜，他便焦躁的幾乎要嚼齒盡碎了。

隔日的卯時，陳澤與李欽日提早前來出島，當眾人跟隨著館長布舍里翁的腳步踏上了布略克倫號，在左衛門的帶領下，沿著甲板進入低矮的船艙，不過方丈大小的空間，前後懸掛了數十條鐵鍊，雖然已經過了十多天，但幽閉的空間裡仍傳來壓迫與陰暗的氣息，以及嘔吐與排泄的氣味，他幾乎可以想像著十幾個人被關押在這樣低矮炙熱的空間裡，赤身露體的承受惡毒的驕陽，幾乎連蹲下的空間也沒有。

此情此景，身為旁觀者的左衛門也不禁感到心驚與殘酷，要知道這樣狹隘幾乎要彎腰曲背的空間，與穢物為伍，幾乎與本國的監獄沒有兩樣。

據甲斐庄奉行詢問過布舍里翁的報告上，是由布略克倫號發動火炮攻擊，逼使得智武營乙船右舷受損無法順利航行後，在與於爾克號共同包圍，接著前往船上劫掠，而被俘虜的十五名船員中，原本是被囚禁在布略克倫號，之後才被轉移到於爾克號上的。

「你們竟然將我們的同胞囚禁在這樣狹小的船艙內，剝奪他們的自由、衣物與飲食，我們不是囚犯，更不是賤民，你們憑什麼這樣監禁我們！」當陳澤看見鐵鍊上凝固的斑斑血跡時，忍不住怒喊道。

「那又怎麼樣？我們得休息呀！要知道你們唐人人數眾多，又品行低劣，言而無信，如何能擔保他們不會在夜間趁我們睡著時，趁機奪船呢？就像在台灣那些卑劣的漢人一樣，我們築了堅固的堡壘，保護他們不受海盜侵擾，誰曉得以五官懷一為首，竟然在中秋節黯夜縱火，企圖傷害我們！而我們之所以要囚禁這些人並轉移到於爾克號，就是打算帶回台灣，好好審訊。」跟隨布舍里翁一同前來的布略克倫號船長、同時也是保安官的博特道。

陳澤險些衝向前，給予博特狠狠的一拳，但揮拳的瞬間他忍耐了下來，他知曉，在甲斐庄奉行和其餘家老、用人前動用武力毫無意義。

「在奉行所決戰吧！澤官叔叔，勢必要為我們的同胞討公道。」李欽日拉著他的衣袖低聲道。

離開布略克倫號後，此時已經是午後申時了，兩人信步走入唐人屋敷，「在這裡，倒像是回到了明國一樣。」望著街上翻白的幡旗漢字如道道白浪，周圍來往的行人皆著唐人衣冠，身著長襖、寬袖、程子衣；頭戴網巾、梁冠、忠靖冠……耳畔傳來熟悉的閩語，行走街肆間、行人間，竟有種恍若華胥故國之慨嘆。

「你知道嗎？我聽傳言，自從寧波府被韃子給攻陷後，那些原本自舟山群島出海的徽商們，為了繼續取得湖絲，早在薙法令一下，便紛紛髡了首，換上旗人的裝束呢！要知道日本人最是重視忠義，講究殉死的武家精神，如此窩囊的行徑連長崎的通譯也看不下去，消息傳到幕府後，於是下令禁止徽船入港，因此這批徽商只能原封不動的帶著貨物返回舟山群島呢！」李欽日道。

雖然閩商與徽商同是商業競爭的敵手，彼此之間競爭著誰能收購最多最好的湖絲後，再轉手至平戶、台灣與馬尼拉，然而，或許是唇亡齒寒吧！當聽到兩浙淪陷的消息時，陳澤心底卻一點也開心不起來，徽商迫於生存薙髮髡首的昨日，又何嘗不是閩商的明日呢？

見陳澤不語，李欽日也感受到他內心的沉重，只喃喃道：「你放心吧！咱們一定能申訴成功的，只要前往木引田町，順利見著那人的話。」

不知不覺夜色將暮，走了一陣，陳澤內心煩悶，便先回旅店睡了。李欽日畢竟是年少之人，見外頭街道燈光流麗，搖曳閃爍，便有些戀戀不捨，信步至眼鏡橋上，只見中島川上漂流著數十艘小小白色的水燈，遠遠看去，竟像是無數漂浮的海月，又像是揚著白帆的小船艦艏相連，上頭點燃的蠟燭發著橘色光豔，斑駁明滅，恰似水面上一個世界，水底下又是另一個破碎而一夢如是的世界。

此時李欽日才明白，原來今日正巧是日本的盂蘭盆節，難怪家家戶戶都會施放水燈，以告慰靈者。

燈影流麗的水面上，有些水燈已經飄然遠去，彷彿要前往大海，此時卻一個水燈踉蹌飄來，先是被其餘的水燈給攔住了，擱淺在靠岸處，上頭的素練上繪著鮮紅的花朵，像是小小豔紅色的喇叭，他見著上頭寫的娟秀的漢字：「披星桴海，萬壽無疆。」這樣的水燈說什麼都該揚帆萬里才是吧！他找了根長長的枝條，正想要將水燈繼續往前推去，卻見一名女子身著振袖款步走來，宮燈明滅下見不清楚容顏，取了一根長枝條後以帶著瑪瑙戒指的指尖輕輕一推，水燈繞了幾圈後又返回川上。

隔日清早，兩人穿戴完畢後，便前往木引田町，準備拜見李國助。

這李國助乃是李旦之子，想當初曾經控告安南伯鄭芝龍侵吞其父的產業，但卻在與劉香鏖戰的前夕，乘著一葉扁舟入廈門與鄭芝龍談判，兩人冰釋前嫌、化敵為友，此後又乘舟遠去返回長崎，雖然多次拒絕了與鄭氏商船合作的協議，然而在唐人屋敷間，仍是有一定影響力的人物。

而約莫十多年前，兩艘從交趾出發的商船，在台州碰上了呵南黎的劫掠，船員被搶奪六百多張魟魚皮、大量的沉香木，甚至連船員衣服都被剝下來，當時，協助這些受困唐人前往奉行所案件申訴的人，就是李國助。

也因為如此，他們決定來此拜訪李國助，便是要詢問如何才能保證申訴有效且獲得成功。

在僕役的引導下，兩人很快地走進了室內，外頭屋簷低垂處掛著一只小巧金魚的風鈴，後方是一處典雅的庭園，苔蘚覆蓋的宮燈間，一株一人高的樹木劍拔弩張的往上生長，上頭結了數十朵色澤濃麗的緋紅花朵，未開的花苞鳥喙似的，彷彿等待著一縷春風的召喚轉瞬間大鳴大放起來，已開的乍看有些像是朝顏，每一朵彷彿都要吟哦出幽怨的子夜歌，但卻又不似攀緣的藤木般柔弱，而是以一種獨立生長的姿態，根緊緊抓牢著土地，不藉任何高枝便綻放，草地上綻著了幾朵落紅，竟像是澆灑過的鮮血般有種壯烈的傷感。

這花似乎有點眼熟，要是整樹的花都開了，不知道會是紅豔成什麼樣的血色呢？李欽日不禁想。

「這花名為平戶杜鵑，我自幼父親便離世，撫養我長大的鏡泉伯伯是我父親的義兄，他是一名僧人，在他所修持的本願寺內便種植了許多平戶杜鵑，鏡泉伯伯曾對我說過，這杜鵑在中國代表的就是不如歸去，有思鄉之意，也因此他們這些唐人儘管離了故國，但總是會在庭院裡栽種杜鵑花，代表不忘故國之意。」一轉頭卻見一名麗人立於面前，頭上插著紫藤絹花，臉上只是略施脂粉，額上一抹紅疤恰似杜鵑落紅，腰纏著羅絹，身著更紗振袖，冰肌玉骨宛若冰雪，原是八月間海濱炙熱的暑氣，卻也彷彿感受到一股悠然的林下風氣，彷彿白晝融融，瞬間都化成了沁涼的雪水。

「難怪我見唐人屋敷眾多庭院間會種植杜鵑花，原來是這個緣故。」

「邦圖哥哥？」女子見了他神色略帶驚訝道。

「我乃李欽日，李邦圖是我的兄長，如今他有些事情不克前來平戶，因此由我做為代理人，今日我是來見李國助先生的，請問您是？」見到來者是一名美貌女子，不知是內室還是家眷，唯恐唐突，李欽日趕緊低頭一揖道，此刻卻看見女子指尖上的瑪瑙戒指，依稀是那日放水燈之人。

「我就是李國助。」女子微笑道。

見李欽日的神色仍是大惑不解，那女子道：「我漢名李嫣[13]，李國助是我的兄長，由於哥哥性格閒散不喜商務，因此，大多數商行之事都是由我代理，我也以兄長李國助之名對外應對，你若有什麼事情對我說明，也是和對兄長說明是一樣的。」

「既然如此，那我就直言了。」接著李欽日便將事情全盤托出。

「我雖然曾經處理過奉行申訴的案件，但其實兩次事件嚴格說來，並沒有真正的得到賠償，頂多是讓呵南黎當場釋放我們閩人、歸還部分的貨物，以及

13 在拙作小說《披星桴海》李旦之女為伊莉莎白，漢名李嫣為作者自取。

奉行所下命令禁止呵南黎的八幡行為，而面對此種情況，呵南黎的商館最常使用的就是以拖待變的手法，因為儘管奉行下了指令，卻不會訂出準確賠償的時間，更何況據我所知，館長布舍里翁為了打贏這次的申訴可是做了充足準備，準備大量的珍奇異玩贈與將軍大人以及各項足以動搖決策的官員，你以為光靠你們幾個人，就能撼動海浪嗎？」

見李嫣此語似有嘲諷之意，李欽日道：「你說的我也知曉，只是說什麼我都得勉力一試，最不濟，也要把被關押的船員給救出來，閣下若能幫忙自然心懷感激，若是不行，也不能勉強。」

見狀，李嫣便起身道：「光靠你們，可是不夠的……」正當李欽日以為李嫣要婉拒之際，卻見她甜甜一笑道：「得讓所有唐人屋敷的人一起來才行呀！你儘管放心吧！我旬日後與你們一同前往奉行所申訴，並召集屋敷內的唐人前往商館，抗議他們的劫掠行為。」

「那真是太感激了！」李欽日隨即起身，一個長揖道。

「對了，我聽聞還有另外一艘船，於爾克號還是沒有確切的消息嗎？」

「沒有，奉行那日詢問布舍里翁，他提到於爾克號原本是打算返回台灣，卻被風浪給吹散，至今仍下落不明。」

「那你要不要試著前往薩摩一帶呢！」聞言李嫣取來海道圖，指向上頭寫著沙子馬的陸塊道：「由於風勢的關係，北洋針路上不少船隻會被吹到此處，公子可前往派人前往薩摩藩尋找。」

此言如醍醐灌頂，李欽日道：「既然如此我便立即去找，多謝。」

當再度來到奉行所審理，此時坐在高堂上的除了甲斐庄外，尚有另一名奉行黑川正直，自己左右兩側端坐的分別是陳澤官叔叔，以及男裝打扮的李嫣，在等待的過程中李欽日隱隱約約有一種不安感，就在此時，拉門拉開，只見三人魚貫走入，正是荷蘭商館派出申訴負責之人：館長布舍里翁、保安官博特，以及通譯薩爾瓦多。

一見薩爾瓦多，陳澤忍不住睜大了雙眼，竟然薩爾瓦多會參與其中，看來謠言果然是真的。

「補官[14]，沒想到竟然會在這裡遇見你，你竟然會為呵南黎效命，看來傳言果然是真的，廈門一帶皆傳言郭邦寧當初率領漢人於赤崁起事，但卻遭到親族告密，禍起蕭牆，以至於功敗垂成，一萬五千多名壯丁盡數犧牲，為什麼你要如此，甘願為異族效力，你可知道外人都是怎麼說我們閩人的？」陳澤曾一年數次奉鄭芝龍號令派船押送生絲前往大員（台灣），也因此與郭氏兄弟皆為舊識，一見郭邦寧的族弟郭邦補，忍不住以漳泉語問道。

「說我們是走狗、牆頭草、沒有脊梁的賤骨頭，這些事情說來，還不都是因為國姓爺和你們安海幫所造成的呢！當初你們不是說好了每年夏季都會派遣船隻運來生絲進入熱蘭遮城，然而鄭總兵卻片面撕毀協議，逕自讓手下商船自廈門前往平戶，也就是因為荷蘭的台灣總督府在利益虧損下，決定要對本地的漢人加徵人頭稅，那時頭人郭邦補不也私下派人前往廈門面見國姓爺，希望他們可以出兵協助我們起事，但國姓爺卻回絕了我們，眼見勢單力薄，唯恐遭到更恐怖的報復，我兄長郭保宇才決心暗中通知總督維堡，請他赦免其餘漢人的罪孽，要知道在亂世之中，所有人不過都為求苟活罷了，我們難道不想挺直脊梁生存於天地間嗎？但那殘酷的代價是斷頭呀！望著數千名被砍死的同胞我難道不心痛，但是那又如何呢？沒有了呵南黎，又有誰能保護我們呢？我和其他人都一樣，不過是想要與妻兒好好的在台灣活下去罷了！」

「所以你才甘願為呵南黎引路，讓他們知曉我們停泊於崑崙島，劫掠同為閩商的同胞？」看來呵南黎會埋伏在崑崙島之所，果然就是閩人為其引路了，此刻陳澤不再憤怒，只是沉痛地問道。

---

14 一六五二年由郭姓商人五官懷一率領的農民叛亂，一般被稱為郭懷一事件，傳統定調為漢人不滿荷蘭人統治的一場反抗運動，根據《錦湖郭氏家譜》，該族譜顯示郭懷一本名為「邦寧」，Fayit懷一為音譯，雖然有可能兩者僅是同名巧合，但本文大膽推測五官懷一就是澎湖錦湖的郭邦寧，另一名邦補的「補」與荷人紀錄的Pauw語音相似，或可認為是在郭懷一事件中，向荷蘭人維堡密告的郭氏族人就是郭邦補，本文無意為密告者洗白，只是想藉由不同觀點，來呈現不同立場。

或許是此言如刀鋒，深深插入了郭邦補身上，他只是淡淡道：「如今我們也不過是要想辦法活下去罷了！你要恨，就恨這個世道吧！」

一開始先是雙方各自陳述立場，首先是由館長布舍里翁說明，當講到船隻行進崑崙海域時便道：「當初的奉行海老屋大人[15]曾經說過，在日本以外的海域，我們荷蘭東印度公司的船隻可自行其事，不是嗎？」

「沒錯，但海老屋大人亦有提到：『禁止貴國一切的八幡行為。』」李嫣隨即道。擁有長期的申訴經驗，李嫣清楚，每一任奉行儘管立場各異，但多數都會尊重前任奉行的判決，也因此每一次的申訴判決都有著重大的意義，關乎之後的閩商命運。

此刻李欽日立即起坐道：「敢問你們商館是否有得到巴達維亞總公司的命令，劫掠商船？」這一問題委實銳利異常，若是回答得了總公司命令，則坐實了荷蘭人不尊重幕府的威權，任意干涉本國之事，但若是回答未得總公司命令，那麼閩商便可以兩面手法，派人向巴達維亞總公司進行抗議。

「並未獲得總公司命令。」思來想去，他決心將戰場擴至最小。

「奉行大人，荷蘭人未經幕府與總公司許可，在海域上進行八幡行為，如此一來可說是罪證確鑿了，因此我方要求給予賠償，並立即釋放當初被捕捉的俘虜。」

「這絕對不可，我方雖未獲總公司命令俘獲船隻，那是因為我們有百分之九十的理由可以相信，在那些船員中，有島原之亂的叛亂者。」

「抗議，這是無稽之談。」李欽日立即反駁，此刻他忍不住身軀微顫，多次往返平戶，他深深清楚，何為幕府視若蛇蠍的逆鱗。

此刻李嫣也站起身來反駁道：「敢問你們這樣說，有什麼證據？」

15 此指一六四三年的申訴事件，當時的奉行雖然提到在日本的海域外，荷蘭人可自行其是，卻又另一方面要求不得傷害任何前來日本的中國商人，原因是他們是為將軍大人提供貨品的。

「自從貴國的切支丹以天草四郎這名逆賊為首，在島原發動大規模的叛變以來，巴達維亞總公司便授權給我們，讓我們協助貴國弭平叛亂，這也是因此當我們上船搜捕後發現有可能的餘黨，因此便決定將他們帶回台灣，靜待進一步的調查。」

「抗議，貴國不可能事先知曉船上有島原之亂的相關人士，上述陳詞僅僅是企圖欺瞞劫掠行為的遁詞，試圖欺瞞奉行閣下與將軍大人。」李欽日道。

「我們當然能夠事先知曉船上有島原當地的居民，不然，我們如何事先知道你們鄭氏商船會在崑崙島停泊呢！這一切都是有唐人甘願作為內應。」接著博特轉身對著黑川正直行了一個華麗的敬禮道：「相信閣下也會認同我所說的每一個字句，唐人可以說是最狡猾的民族，就像變色龍一樣，為了一點點的利益甘願拋棄自己的同胞，甚至是本國的衣冠，那一群至今被阻拒在長崎外海無法入港從事貿易的唐人，不就是如此嗎？」

話一說完，堂上李欽日等諸人都變了臉色，而雖然只是短短一瞬，但黑川正直露出的那一抹輕蔑、不屑的神色，就像針尖似的，插入在場幾名唐人的心裡。

「而幸運的是，當我們搜查這些被俘獲的船員，除了校對他們身分，發現有一位名為林六官的男子是島原人士，另外還在他身上搜查到了一副島原地區的地圖，我們研判可能是這些切支丹彼此之間藏匿、潛伏的地點，彼此之間暗中留下聯絡的密碼，打算日後再掀起叛亂，雖然我們當初在協助貴國平亂時，就遭受到不應當干預他國內亂的質疑聲浪，但我們商館還是秉持著友好的精神，為將軍大人效命，雖然有八幡行為，卻也是基於維護幕府大將軍的立場，不宜給予處分才是。」此刻布舍里翁也起身道。

甲斐庄與黑川正直都敏銳的感受到事態的嚴重性，以摺扇遮住面部兩人低聲細語了一番，這段時間內，李欽日幾人幾乎如坐針氈，彷彿即將迎接的是失敗與難堪。

「一樣旬日後，請帶著人證或物證，在白沙地[16]進行最終的審訊。」甲斐庄說畢後，便與黑川正直二人先後離開。

原先兩人以為，布舍里翁等人會針對國姓爺意欲攻打大員一事做出攻防，為此兩人還事先演練了一番，不料今日情景卻是超過預料。返回旅店，李欽日對著陳澤道：「看來還是得想辦法找到林六官才行，只要能找到林六官證明他並非切支丹，至少在下一次的審訊，才有機會扳回一成。」

說來容易，但海上如此之大，要如何去尋覓呢？

「更何況你知道吧！眼下國姓爺的使者也正在與家光大人商討借兵之事，若奉行做出的裁決不利我方，恐怕會影響將軍大人的裁決。」聽聞此語，陳澤的眉頭皺的更深了。

就在此時，聽到外頭有人敲門，開門一見是李嫣，此刻她又換回女裝打扮，身著松綠馬面裙，藕色對襟長比甲，面若觀音，臉色微紅，見了兩人便道：「薩摩那邊有消息了，於爾克號的確是擱淺於薩摩的外灘，當初有幾名船員趁著船隻擱淺時逃逸，並順利在薩摩處尋得救援，因而薩摩藩主島津光久大人派遣武士下令釋放這些被關押的唐人，如今船上十四名船員都已經得到了安置，預計在館舍內休憩三日後，就能出發前往長崎了。」

「那真是太好了，李姑娘，這要多謝你的襄助。」李欽日不禁道，他伸手想要握住李嫣的手，但一瞬間又感唐突。

「多謝李姑娘了，只是當初被俘虜的船員不是十五人嗎？」聽見此語的陳澤皺眉道。

李嫣自懷中取出一本名冊道：「這是驛站快馬加鞭自薩摩送來的名冊，上頭每位海員的身分與姓名，您可一一核對。」

陳澤一一檢閱過後，便道：「失蹤的人就是林六官，怎麼回事？為何他沒

16 在長崎奉行所一個半露天的空地，鋪滿白沙，是奉行所審理犯人的地方。

有在這裡？」

李嫣道：「我聽手下之人說明，當初於爾克號擱淺於沙灘時，幾名唐人趁機逃逸，有人就不知所蹤，這樣看來，那人就是林六官了，畢竟如果他是島原人士，對同為航海貿易的薩摩熟悉也是情理之事，只是薩摩一地盛傳有不少隱匿的切支丹，隱藏於海邊的巖穴或是地洞間，為此藩主島津光久下了命令，凡是懷疑為切支丹者，可以就地正法，如果林六官是切支丹的話，恐怕……」

「我能保證他絕非切支丹。」陳澤肯定道。

李嫣聞言道：「不過，無論此人是否為切支丹，都務必要在下次申訴前找到他方可，唐人屋敷內有一名高士，名為周鳳芝，此人是製香能手，製作出來的香氣息能數日不散，他自從兩浙失陷後，便自舟山群島出海漂流來此地隱居，他性格狷介，為人極重忠義，嚴守程朱理學，本地不少大名都對他極為尊重，而他也是前任薩摩島津藩主的義子，若要前往薩摩尋找林六官下落，非得要請鳳芝先生出馬方可。」

「李姑娘，不瞞您說，其實我們已經去拜訪過鳳芝先生了，只是鳳芝先生不願意見我們！」李欽日太息道：「他一聽見我們是安南伯底下的人，便將我們給趕了出去。」

李欽日回想那日的場景，彷彿走入了四季溫暖的閩式院落內，數顆玲瓏石突兀於淺淺水塘間，園內柳花桃花都已開盡，十二曲欄杆間盛開雪色荼蘼，廳堂兩側的對聯顏筋柳骨寫道：「滄海遙念日月君，扶桑涕泣永逸臣。」

看來應當是鄭芝龍投降韃靼之事，引得鳳芝先生不快吧！李嫣也猜著了幾分，程朱理學向來極重忠義，而日本全國上下也極重視殉義的武士精神，無怪乎鳳芝先生會如此動怒了。

當原本在薩摩休養的十四人，經過三日的休養生息後，終於來到長崎，當船隻到來的一刻，碼頭邊接到消息，無數的人群紛紛靠來歡迎，形成一道沸騰的人龍往商館前進，如同萬千水滴匯聚成浪、成滔天海嘯，即將要裂石崩雲，早有人將那媽祖聖像請來，口誦：「護我閩商，披星桴海，萬壽無疆。」行過唐人屋敷時，眾多的唐人聽聞遭遇囚禁都義憤不已，紛紛加入遊行的人群中。

自從此案審理後，作為劫掠案的重要人士，博特便隱匿在東印度商館內，只有在前往奉行所時才會出門，目的是避免不必要的衝突，然而此刻外頭丟石子的聲響如鞭炮般持續炸來，此刻一個不知何處擊來的磚頭打破了窗戶，人群咒罵著八幡行為會被釘上十字架，聽的懂與聽不懂的各色咒罵之詞。他拿起磚頭逕直出門，門外處最前方的是那些被關押的十四人，後方則是唐人屋敷的抗議民眾。

博特站立在重重人群裡，雖然周匝侍衛高舉火繩槍，但當面對著重重憤怒的抗議人群，他卻感到一股徹骨的冷意，這裡是長崎，不是阿姆斯特丹、更不是巴達維亞。

他輕咳了一下便大聲道：「敝公司所作所為是絕對合理的，因為在明國皇帝的命令下，是禁止任何船艦前往日本直接進行貿易，違者以死論處，因此敝公司的所作所為，僅是代替明國皇帝執行海禁的命令罷了！並非八幡行為，不論在任何海域，只要碰上走私往日本的船隻，攻擊對方的船艦並沒收貨物，都是被允許的。」

「請問貴公司是否得到了吾國陛下的允許綏靖海上呢！」早在十四人到達長崎的一刻，李嫣便準備好領著屋敷的大多數唐人，一同前往出島商館進行抗議，要知道在此刻，民心與輿論沸騰的傾向，也足以動搖幕府與奉行的決議。

「貴國巡撫與鄭總兵曾經在與我們合力消滅海盜李魁奇時，協議每年會核發足夠的洋引，讓商人前往大員普羅民遮城內與我們直接交易，然而鄭總兵片面撕毀這項協議，逕直將船舶開往長崎與日本通商，此舉使敝公司蒙受商業上的損失，以此來看閩商行事缺乏信義與承諾，也因此敝公司的攻擊與摧毀船隻絕對合法，是基於對方的破壞協議而引發的正當防衛與報復。」此刻布舍里翁出面道。

布舍里翁本想陳述的是：「我方早於之前透過安德烈甲必丹的斡旋，便與明國協議退出澎湖前往大員築城，因此面對國姓爺可能對大員造成的威脅可視為正當防衛。」但一想到之前由於彼德．納茨與濱田彌兵衛[17]引發的荷蘭與日方衝突，此刻若是過於強調大員主權，只會勾起幕府舊怨而已。

「我代表所有唐人屋敷的閩商們，要求館長布舍里翁儘快簽署這份文件，在長崎奉行所對荷蘭人海上的八幡行為作為裁示之前，禁止對海上唐人任何船舶，尤其是國姓爺的船舶進行任何攻擊，若敢違背這項承諾，將以死論處。」李嫣上前朗聲道。

布舍里翁渾身顫抖，此刻他清楚這群人是要來幹什麼了，在他向長崎奉行所的申訴結果還未出來，便已遭到閩商的先發制人了，要知道這項文件一但簽署，這段協議時間內，整個荷蘭船艦將如斷手斷腳般，無法在海上進行各種攻擊，甚至是防衛。

他想下令火槍兵對空鳴槍，以武力驅散抗議群眾，看來這是最好的方法了吧！這些唐人雖然人數眾多，卻像是食物鏈底層下的雜魚一般，缺乏組織也沒有攻擊性。然而此刻傳來一陣奔來聲響，如怒濤驚雷、如電光石火，那是田川次郎左衛門領著一批武士來了，人數約莫三十多人，卻披盔戴甲，腰間懸掛大刀，劃然一聲如白浪整齊抽刀，如同一道漾著日光的城牆，如如不動的橫亙於閩商與火槍兵之間。

在這樣短的距離內，火槍是抵擋不住整齊劃一刀陣的，除非一槍斃命，否則一瞬間，那銳利的刀鋒便會如白虹貫日，割開喉嚨、刺穿每一名荷兵的肚腹。

「今日你們若不簽署，我們誓不離去。」李嫣喊道。

此刻在柳屋聽聞此事，陳澤與李欽日也趕至商館前，人群中見了對方的眼

17 一六二八年日本人依例前往大員與漢人貿易，卻碰上荷蘭長官宋克，宋克堅稱大員此刻已經屬於荷蘭所有，因此要求對方付稅，作為己方的防禦工事之用，但長崎代官末次平藏卻認為之前在此交易從未繳交過任何稅款，且日本無須對方防禦城牆的保護，協商拒絕的結果後引發衝突，最後憤怒的日本人以濱田彌兵衛為首，脅持台灣總督彼德·納茨。

神，陳澤感謝道：「田川大人、李姑娘，這事多謝你們了。」

「莫要這樣說，能為兄長效力，刀鋸鼎鑊都在所不辭。」田川次郎道，自幼他便被迫與父親、兄長生離，連自己的生母田川氏也在自己幼年時離去，作為田川家的養子，他知曉，這一切都是因為幕府忌憚父親在海上的勢力，而如今父親遭難，母親遭辱，兄長與部屬在海上艱難戰鬥，自己能做的便是守護兄長船艦往來的海道。

方回到柳屋，只見一名約莫五旬的男子站立在一旁，鬚髮如銀，一雙眸子卻是銳利，那人竟是先前驅趕他們離去的周鳳芝。

「鳳芝先生，你今日怎麼會來此呢？莫非是願意幫助我們？」李欽日有些不敢相信道。

「沒錯，我明日便前往薩摩，覲見藩主島津光久。」

「那就多謝了！」究竟是什麼改變了這名長者的內心呢！陳澤雖然不明所

以，卻還是鞠躬行禮道。

然而，說畢後周鳳芝卻未立即離開，只是默默不語的看著玄關處擺放的一盆杜鵑花，突然道：「這花為杜鵑，又名什麼？你們知道嗎？」

李欽日搖搖頭。

周鳳芝道：「杜鵑又名躑躅，想當初老夫奉兄長周鶴芝[18]命令來此乞師時，也是滿山盛開的杜鵑，還有千山萬壑的杜鵑聲響，可是最終乞師失敗了，我曾問過兄長，為何只能由他的名義乞師，而不能由陛下親自起草，但他說：『陛下乃萬乘之尊，腆顏乞師有違祖制』，更何況乞師此舉遭到朝堂內無數人的參劾，說此舉乃：『吳三桂開關之續爾』，為此兄長也告誡我，如若不成，就再

18　一六四六年，周鶴芝（一名崔芝）與鄭芝龍，曾經派遣副將林皋前往日本乞師，乞求發兵三千，協助攻打韃靼人，周鶴芝為薩摩藩藩主養子，原本薩摩藩同意只要核許貿易的過書送達，開放市舶，便同意發兵救援，但遭到南明朝廷副將黃斌卿反對，並以為此舉乃「吳三桂開關之續爾」，周鶴芝憤而離開，此書周鳳芝是參酌朱舜水與周鶴芝創造的角色。

也別回去了！之後我聽聞鄭芝龍降清，我兄長兵敗自盡，我曾經以為，老夫的半生就像這躑躅一樣，動彈不得，一生也只能困於異邦，直到今日，我在唐人屋敷看見無數的穿戴明衣冠的唐人風起雲湧，團結一致與呵南黎相抗，那景象，不禁令我想起以前在明國的日子，蒼天呀！天不亡我華夏。」說到此，周鳳芝不禁眼眶泛淚。

「等此間大事一了，國姓爺也會派遣使臣乞師，面見德川家光大人，相信那一日，我們必定可以得到援助收復失土，到那時，請鳳芝先生就和我們一同返國故土吧！」陳澤見狀，亦內心拳拳不能自已。

一只細瘦的松樹自黑山石間聳然而立，細小的白石與黑石排列成太極兩儀的形狀，行走於枯山水的庭園間，那海藍色恍若淚滴的朝顏攀爬於藩籬之上，恰似天地間唯一的色彩。

「我近日讀《大學》中對「誠意」的討論，遂有些體悟。所謂誠其意者，毋自欺也。如惡惡臭，如好好色，此之謂自謙。」周鳳芝道，取出懷中的木盒，這幾日他翻閱了《香譜》，憑藉著年少時的記憶他擬了幾味香餅，並命名為「誠意」。

「前些日子我才溫習陽明心學，對這知行合一之道雖有體會，卻有些不甚明白之處，尤其今晨練劍之時，總思索著這『格物致知』四字，不知該做何解？今日承你送『誠意』來，正巧讓我可好好思索。對了，今日，你是為了近日布略克倫號一事來的吧！」光久望著眼前之人，作為自己父親、上一代大名的義子，他自是十分禮遇且信任周鳳芝的學問與人格。

「這幾日阿蘭陀人可忙得緊呢！他們準備了數發火銃作為禮物致贈給將軍大人，至於背後原因，你應當知曉吧！關於如何處置阿蘭陀，將軍大人也十分苦惱呢！畢竟劫掠鄭氏商船，地點又在崑崙島，鄭氏與阿蘭陀如今為了台灣與貿易緊張的關係，將軍也是明白的，且將軍大人已經下令禁止國人出航，不願橫生枝節干預外國事務。」

周鳳芝思索一番道：「萬事萬物無不涵攝於一心，若心中充滿真知，自然知行可合而為一，以我微見，若放任阿蘭陀任意以快船在海上四處劫掠，將會使鄭氏商船無法順利從西洋針路運來貨品，加上西班牙人已經遭到將軍大人的驅逐，若是再少了閩商的貨品，此後，所有日本的貿易將會陷入阿蘭陀隻手遮天的獨占貿易，將無法維持良性且有效的競爭，這也是阿蘭陀以八幡行為處處在海道上針對鄭氏的原因，依我所見，阿蘭陀表面說的是為將軍肅清海上，實則是黨同伐異，若放任不管，此後長崎港的貿易將只會剩下阿蘭陀的船隊，未來，貨品價格將居高不下。」

島津光久皺了一下眉頭，顯然這話已經說至了他的心坎，跟明國一樣，幕府向來也是貶抑商人，然而日本畢竟物產不豐，因此每年都需要大量的商船來進行貿易，為本國帶回所需的物品，如今將軍既然禁止本國人民出海，能夠合法出海的就僅有唐人與阿蘭陀的商船。

「我認為這段時間以來，將軍大人應當對阿蘭陀的劫掠行為感到極大的厭煩了吧！或許該是時候，做一個制裁了，你手上的『誠意』，還有一些吧？」

島津光久喃喃道。

「約莫數十枚，此外國姓爺那邊尚準備了薰香過的雙面緞匹作為禮物。」

「那好，你便隨我一同去覲見將軍大人吧！並向將軍大人訴說知行合一之道，至於這些綢緞則可贈送給春日局大人。」

「對了，還有一事，至今仍有一名重要的證人沒有找到，那人叫林六官，混有閩人、日本人與南蠻血統。」

光久皺眉思索道：「老實說這幾個月來我也聽聞了自長崎奉行那邊的消息，也得到命令出海搜尋是否有受難海員，卻未尋獲你說的那人，這樣看來，能夠藏匿之所應當只剩下一處了，不然，就是死了……」

此處像是一間隱蔽的墓室，幽暗且封閉，林六官依稀記得自己跳入淺灘之際的事情，只覺背上血花爆裂，他像是落入火焚的紅蓮，又像是被浸漬於在寒冰的地獄，危難之際他手中緊握著十字架，喃喃念誦《玫瑰經》，那是在天主堂時，教士馬爾登贈與他的禮物，他記得教士那慈悲的臉容，堅信著世人皆有罪孽，而即使是像他這樣卑微的賤民，也會得到萬福瑪利亞的守護。

自小，他的肌膚就和其他人不一樣，膚色特別白皙，像是鹽田裡日晒後雪白的立方體，自小以來他便厭惡自己豔紅的頭髮和過白的膚色，尤其周圍的孩童總會惡意的將他的頭按入海水中，嘲笑怎麼也洗不乾淨，他也會用力地刷著自己的皮膚，彷彿是一棵樺樹，只要用力剝除外頭樹皮便可以長出嬰兒似的皮，但卻只有殷紅的鮮血緩緩滲出。

或許是如此，他遇見了一些和他有著相似膚色的孩子，他們總會泅水來到一座由珊瑚礁岩組成的小島，上頭一間不見天日的石屋裡，髮色如鹽、目光深邃的佛朗機人，他的年歲彷彿和海一樣老，他會默默地將手放在每個人的額上，為他們祈禱、念誦《聖經》裡的經文，並集體跪在十字架前，求神的寬恕。

像他這樣的祕密信教者，在此處至少十多人，由於幕府不斷搜捕、迫害著切支丹，因此，他與其他人都必須隱藏自己信教的身分，他們總是將銀色的十字架藏在衣領內，不讓任何人給發現。

而每到一年的夏至，颶風席捲而來的前夕，幾乎所有成年的村民都會乘上小舟出海，手持鐵器，在水中敲擊出震耳的聲響，那麼，那些以聲音彼此呼喚、歌唱的海豚便會受到驚嚇，被驅趕到有著弦月形狀的海灣裡，此時，漁民便會以數艘舢板和繩索串聯細密的漁網，將唯一出口圍繞住，任何一隻海豚都難以逃出生天後，再手執魚叉長戟，將每一隻跳躍恍若舞踊的海豚殘殺殆盡，海豚是魚類嗎？他不知道，只知道海豚的鼻孔位置長在頭頂，因此，他們總是會固定的游出粼粼的海水面呼吸，在額前噴出閃耀的水花來。

記得，第一次以鐵鉤刺入背鰭下的脂肪裡，作為獵物，拉扯到自己船上，望著胭脂色的血水，他才發現，原來魚的外表下，竟流著人類般的鮮血。

而呵南黎也是用相似的方法，將他們驅趕到一處後，以火銃威逼，僅留下年輕力壯者作為奴隸，其餘老弱全部殺掉，隨著火燙的烙鐵在皮膚上焦爛的氣息與一陣陣哆嗦，回首，那排列成一行的村人屍體，恨與不恨的，都排列成海豚的形狀。

隨後他加入了鄭氏船隊，往來於廈門與長崎間，或許是自己有閩人的血統吧！他很快就學會了漳泉語，並依照排行為自己取了一個名字六官，閩人信奉的也是一位慈悲而聖潔的女神，他會隨著其餘的閩人一同前往天妃廟，在香煙繚繞下，一起喃喃口誦祝禱，祈求日日的出海可以順利返回，畢竟出海除了莫測的風浪外，還有防不勝防的劫掠，記得就在此行出海的祭祀前，他在擲筊占卜吉凶時，那原本鮮紅的筊卻突然斷裂了，散落在地面如同沉沒的船舶，當時引了他一陣心驚，莫非是不祥之兆，而此次出航，果然就遇見了布略克倫號的劫掠。

當碰上風雨，船隻北漂入薩摩島的淺灘時，憑藉著對地形的熟悉他趁機逃逸，這幾日他藉著耶穌的血（葡萄酒）與肉（卡斯提拉）延續了性命，但他總覺得自己不能在這裡，得快快離開，去需要自己之所，但身子卻一直綿軟無力，輾轉反側之際，突然像是有人劈開了巨大的幽黯與混沌，他聽見熟悉的刀刃劈砍與銃子的聲響引得他一陣戰慄，要來抓他了嗎？那些呵南黎，他想要逃離卻渾身發軟，恍然間那些隨時與他一同捨身赴義的切支丹們攙扶住了他，彼此的眼神心意相通，若是死在此處的屠刀，將在神的國度裡再度相逢。

隨著團團的武士將其包圍，然而為首的那人卻未將武士刀給刺穿他的頸項，只是淡淡問了句：「你就是智武營的林六官嗎？」

他點點頭，死生無懼。

但來者卻收起了刀刃道：「跟我們走，有人需要你來陳述。」

就在奉行所審理的前一晚，郭邦補正獨坐於旅店之內，長夜寂寂無眠，自從來到長崎，輾轉已經將近一個多月了，此刻蕭壟（現今台南佳里）的莿桐花應當已經盛開如火了，而累累的甘蔗田應當也已經收成了吧！不知家中的兒女與子弟，是否都參與了榨汁與熬煮，嘗到甜美的蔗汁呢！

他們郭家世世代代在澎湖犁海營生，但之後隨著呵南黎的邀請，來到了台灣，正巧蕭壟一地土壤肥沃，氣候良好，極容易種植甘蔗，甘蔗的嫩芽被稱為甘蔗筍，可清炒下飯，蔗汁更是甜美，宜於製作卡斯提拉等糕點，不比自己原本的澎湖日日都是鯉雨鹹風，土壤磽薄。那肥沃的土壤彷彿隨便撒下種子，便能冒出豐碩的果實般，於是他在這裡開枝散葉，娶了平埔番的女人，那樣單純黝黑的眼珠子，以及未曾纏足的大腳，就這樣的踩在泥濘裡濺起的水珠子，卻這樣的吸引著他的眼眸，這樣充滿豐饒的樂土，是他畢生都想要去守護的，然而海盜的猖獗卻也使得生活不平靜，隨時擔心會遭到劫掠，猶記得海盜來襲的那晚，他帶著妻子進入普羅民遮城內躲避，經歷數日砲彈的隆隆聲後，終於回歸寧靜，他乘上牛車與家人再度出城，卻只見原本即將收成的農地，即將要流出汩汩蔗汁如奶與蜜的應許之地，觸目所及，都是燒焦的野地與餘燼，那是即便流乾了眼淚也無法澆熄的焦土。

也是因此，當從兄五官邦寧決心要夜襲呵南黎，打算趁中秋月圓，放火燒毀街舍、良田與教堂時，他幾乎彷彿遇見，那樣焦土般的地獄景象，再度浮現。

「不可。」他奮不顧身的阻擋在兄長前，卻不知該說什麼？只能道：「若是脫離了呵南黎，碰上了海盜，誰來保護我們？更何況咱們的蔗田就要收成了，要是一把火燒了，不就付之一炬了嗎？」

「蠢材，呵南黎為了徵人頭稅處處欺壓我們，怎麼能忍得下這口氣，更何況只有驅逐了他們，我們才能成為土地的主人，不必卑躬屈膝的活著，放火燒田與街道，也只能是權宜之計。」

他終究是無法接受邦寧的作為，他害怕此後出海失去保護，更害怕海盜的侵略，更不願見到那綠葉萋萋即將收成的奶與蜜之地化為焦土，於是與其餘五位從兄弟商議，將此事告知維堡，以換取其餘郭姓族人的安全。

「兄長，是你嗎？」浮生若夢，眼前那屋漏陰影處，竟彷彿鬼魅般自生自滅出斑駁的黯影，恰似那日兄長遭槍殺後，屍首與其餘一干人眾被吊在城門外，烏鴉飛翔啄食的景象。

「兄長，你會恨我嗎？」正當他上前，幾乎要撞上幻影之際，一陣敲門聲如晨鐘暮鼓，驚醒了他的迷途。

「是誰？」他疑惑道。

「是我，澤官。」

一開門，只見郭邦補面露驚訝之色，想必他一定很意外，此刻應當是立誓至死方休的兩造，竟然會私下與他見面，對方究竟是什麼盤算，相信郭邦補必定很疑惑吧！

「我今日並非來與你討論申訴案件的，不過是想要來見見故人，話往日之情罷了。」還是陳澤先開口道。

「請！」

兩人相對而坐，接過郭邦補遞來的武夷茶，兩人先是話了一陣風土、人情，陳澤飲了一口便道：「聽說普羅民遮城內皆傳言，有朝一日，國姓爺將會率兵攻打普羅民遮城，不知補官你有何看法？」

郭邦補原本就面色白皙，不知是否是因為此言，面色瞬間更加蒼白了，他忍不住道：「這是真的嗎？國姓爺真的會攻打普羅民遮城？那他會如何對待我們這些墾殖的漢人呢？會將我們視為他的百姓嗎？」

陳澤並未回答此言，只是道：「除此之外，由於我方船舶屢次遭到劫掠，為了預防萬一，國姓爺下令，封鎖所有台灣的船舶前往馬尼拉。」

一聽此言，郭邦補的身子不禁震了一下，對他們而言，馬尼拉的海道乃是重要的命脈，因為佛郎機人擁有大量的香料與白銀，卻缺乏足夠的稻米與蔗糖，因此年年才得派船前往馬尼拉換取必須的白銀與香料。」

「補官，我相信之前為呵南黎引路，絕非你真心情願，倘若你願意，我可說服國姓爺，過去之事既往不咎，且此處申訴案件一了，將會舉國姓爺之力，為台灣島上的漢人開拓樂土，亦為後代子孫開太平。」陳澤深深的頓首道。

隨著遠處鐘聲次第傳來，當自鳴鐘響起時，博特才驚覺已經深夜十二點了。走向窗外，那些該死的唐人終於離開了，這幾日幾乎每天，都有數百名唐人圍繞在商館之外大聲抗議辱罵，他曾經以為唐人是懦弱且不堪一擊，然而他們卻又像是黏土一般，只要一沾黏上了，便怎麼都難以甩開。

「明日的申訴案，你有把握嗎？」手持燭火經過館長室，窺見布舍里翁正在埋頭翻看卷宗，博特忍不住開口問道。

「上帝才曉得吧！」布舍里翁道：「我昨日才收到由台灣總督府轉達巴達維亞總公司的信件，你可知道，申訴的最差結果是什麼嗎？」

「兩倍的賠償金嗎？」博特小心翼翼問道。

「不是，是幕府此後禁止我們荷蘭的船隻對任何唐船的一切攻擊行為，無論正當防衛抑或劫掠，要知道，台灣總督府盛傳著海盜之子鄭成功將會來攻打我們辛苦經營的台灣。」

一想到此，布舍里翁不禁咬牙切齒起來，想那鄭芝龍最初也不過是荷蘭的雇員與通譯，沒想到竟然能建立一個強大的海上軍隊，並即將對苦心經營的領土鯨吞蠶食。

「無論如何，明日申訴是只准成功不准失敗，你也快去休息吧！為明日做準備。」他道。

奉行所後方的白沙地，此刻已經聚集了無數的群眾，摩肩簇綺，他們都等著看奉行要如何給予布略克倫號的劫掠事件做出有效的裁示，一時眾聲鼎沸，議論著的、咒罵的、彼此互相交談的聲音不絕於耳，每個人幾乎都要把嘴巴湊到他人的耳朵邊，才能聽得清楚。

「你猜猜，這次最終的判決會不會對唐人有利呢？我賭一個小判，奉行大人必會偏向阿蘭陀，來呀！要是賭偏向唐人的，我跟他賭兩個小判，要是擇日再議，我就賭三個小判。」此刻助才門面色潮紅，顯然是喝多了酒，人群中只見左衛門一走出，便不顧一切擠上前道。

左衛門道：「以我的身分怎麼會知曉奉行大人的判決呢！只知道將軍大人有親自下達飭令，至少今日必定會有所決斷的。」

話才方說完，隨著兩名奉行：甲斐庄與黑川正直的入內，在家老勘兵衛的喝斥聲中，人群才安靜了下來，但在下一刻，人群卻又發生了強烈的騷動。

原來是緊接其後的布舍里翁和博特兩人，竟然換上了日本人的羽織和袴，而非阿蘭陀傳統的服飾：圓領、背心與寬鬆的馬褲。

兩人入內，先是向奉行所一揖，接著便道：「我們穿著貴國的服飾來到奉行所，而非吾國服飾，便是要彰顯本公司甘願作為將軍大人的臣僕，為將軍大人服務而在所不惜的精神。」

「非也，服儀乃本國精神的代表，一個人若是拋下母國的服儀，便是拋棄了尊嚴，正如我們唐人，即使在海外仍舊是唐人衣冠，為了就是我們不忘母國華夏，世世都是日月君，永逸臣，而這也是長崎通譯不讓薙髮易服的唐人上岸的緣由，不是嗎？」原來早在昨日前往郭邦補處遊說時，有感於陳澤的誠心，郭邦補便將館長布舍里翁和博特兩人的計畫全盤托出了，為此李欽日早做好了應對，一見這兩人上前便展開攻勢道。

只見後頭的穿著明冠的唐人發出訕笑的聲音，從甲斐庄與黑川正直二人的表情，隱隱可看出這一步棋是走對了，比起穿著他國的衣冠，穿著本國衣冠更能展現忠義之情，然而接下來要如何應對，才是棋局真正的較量。

「你們找到了關鍵證人林六官了嗎？」甲斐庄問道。

「已經找到了，他現在就在外頭等待。」李欽日道。

隨著家老的帶領，一名瘦削的男子款步前來，還未等到他開口，博特便迫不及待道：「這個林六官就是切支丹，我們從他們身上搜到了前往長崎必祕密在島原停靠的島嶼路線，我方有絕對合理的理由懷疑，他們與天草的餘黨有聯繫，會對幕府統治造成威脅。」

「稟告奉行，我並非切支丹。」

「那你敢直接踐踏過瑪利亞與耶穌的聖像，以證明自己不是嗎？」博特道。

沒有猶豫的，當小姓將一塊繪飾有耶穌與十字架的木板放置在地板時，林六官隨即踏了上去，並道：「對我們閩人而言，信仰乃是金門出海的溫陵嬤，我雖被種子島附近的切支丹[19]所救，但面對大義，仍舊是區分清楚的，我雖在島原生活過，但自從加入閩商後，便隨他們一同信奉媽祖了。」

見狀陳澤鬆了口氣，果然沒錯，呵南黎的博特果然會以切支丹為由，對己方進行攻擊，為此前來奉行所前還特意交代了林六官一番。

「你們不是提到，林六官身上有島原的地圖嗎？」此時甲斐庄奉行道。

林六官自懷中取出一張海圖道：「請貴國保安官檢查，這張海圖是否為你們當初自我方船員身上搜取到的。」接過小姓送來的海圖，博特一時陷入了思索，他並不認得漢字，他其實並不能完全知曉上頭的意義，其實都是借助薩爾瓦多的翻譯，但這該死的薩爾瓦多呢！說好的是今日進行申訴案，卻拖病不來，他前後翻轉了數次，依稀只記得左上角上方的確有一個日月的圖案，接著還有一個天主教瑪利亞的圖繪盒子中，找到了瑪利亞的聖像。

見博特頷首後，林六官便道：「請奉行大人核對海圖上的註記與指標，並對照我們提供的航書圖說，便可清楚的知曉我們航程的目的雖然是前往長崎下方的島原，但目的並非是切支丹祕密教會，而是位於丘陵上方的崇福寺，崇福寺乃是臨濟宗的寶山，以觀音大士為信仰主神，我方受舟山群島普陀寺禪師之托，將一盒觀音聖像與所珍藏的《法華經》送來，如今那些東西已經被你們奪去，若不相信，可以現場拿出來勘驗。」

博特依言取來盒子，見裡頭放置的乃是一尊黃金千手觀音，褒衣博帶、慈眉斂目。

此刻布舍里翁緊皺眉頭，博特卻道：「不少切支丹教徒會將聖母瑪利亞製

19 一六三七年，發生在長崎縣島原的一場大規模的農民起義活動，又被稱為島原教案，以往此次叛亂都被定義為天主教徒與日本幕府的衝突，但細查背後原因，主要是幕府鎖國後必須對人民徵收更多稅款，稅金因而轉嫁道農民身上，加上天災的農作物歉收，憤怒的農民以天草四郎為首引發抗亂，而裡頭的切支丹信仰比較趨近一種混合傳統民俗與天主教的雜揉信仰，並非純粹的天主教徒，因此本文在寫作上會參酌切支丹並非純粹的天主教徒的立場。

作成觀音的型態，依我看，這尊神像就是瑪利亞，請奉行大人審慎明查，不要被騙了。」

「這確實是千手觀音沒錯，在觀音像下方，還有以小楷勾勒的《心經》全文，可為證據。」

接過小姓遞來的觀音像，兩位奉行審慎檢視，果然沒錯，在觀音蓮座下方不但有細膩如線的蠅頭小楷，尚有普陀寺的朱印。

看到兩位奉行的神情，布舍里翁不禁感到一陣膠著，不比博特長年在海上，他久居日本，深知日本向來禮敬佛法，不殺僧人，加以天皇若退位亦會出家為法皇，因此日本全國上下，無論是哪個領地的大名，對往來僧眾無不禮遇。

「我們聽說早些年西班牙的耶穌會教士，為了傳播信仰，會告訴信徒天主教瑪利亞就如同觀世音菩薩一般，不過沒想到荷蘭人身為新教教徒，竟然也會分不清兩者差異，真是太可笑了。」李欽日道。

「我們只是為了探查林六官這幾名唐人是否是五官懷一的餘黨，因此將其囚禁，也是權宜之計。」布舍里翁仍抗辯道。

「我們不是五官懷一的同黨，相反的，我和我的同伴都是崇福寺底下僧兵。」

「抗議，你這樣說，有什麼證據？」

「證據便是他們身上都有崇福寺的度牒文件。」此刻李欽日起身道，接著把準備好的文件送交與兩位奉行。

一聽到此，布舍里翁幾乎可以清楚自己即將面臨失敗的命運，幕府向來禮遇佛教，除了佛寺本身便是錢流的交易所外，各地大名退位後，也會出家歸隱林泉，與寺廟公然為敵，幾乎是與幕府對抗了！

此刻原本下跪匍匐在地的林六官，突然挺直了身子，不同之前都是以日語應答，他突然以鏗鏘又強悍的聲響面對博特道：「我們被關押在船艙底下，白天是熾熱的烈日，身軀被鐵鍊給綑綁，你們自上方的鐵欄杆裡拋下長蟲的麵包和少量的飲水，當颶風來臨時，無數的雨水海水灌流下來，我的同伴大聲呼喊，但你們沒有任何人解開我們的束縛，使我們差點滅頂，是時候了，你們該償還犯下的罪刑了，我們不是牲畜、不是奴隸，沒有人能欺凌我們……」後幾句卻是道道地地的閩語，此刻陳澤李欽日與在場其餘的閩商亦站立了起來，同聲連氣道：「沒錯，我們絕不會坐視荷人對我們的欺凌的，任何八幡行為，都將付出代價。」

陳澤與李欽日兩人端坐於台下，此刻甲斐庄與黑川正直立於高堂之上，雙手恭敬握住一份卷軸，其中包含德川將軍大人參酌兩位奉行後，親自下達的敕命。

「其一：布略克倫號涉及嚴重的八幡行為，被限制離開長崎；至於於爾克號則不在此限，但必須對智武營船舶損失的貨品，提出相應的賠償金。」

「其二：而今而後，荷蘭人不得在海域上對任何航向日本的唐船作出八幡行為。」

陳澤不敢置信的抬頭，此刻身旁的李欽日亦驚喜難耐，只見布舍里翁色若慘沮，他明白這數月以來自己的斡旋最終將一敗塗地，且此後不僅僅是鄭氏船船，只要是唐船，都將被籠罩於幕府的保護之下。

奉行所外，此刻外頭早已聚集了滿滿的唐人，皆為著此次的申訴案獲勝，發出如豆如炸如火炮如炸響的歡呼聲，一陣陣勝利的雀躍如同耀眼的白浪，日出與日落之間，為眾人唱出條條四通八達的海道來。

其後荷蘭商館雖然依舊打算採取以拖待變的手法，但禁不住幕府與輿論的壓力，終於依照陳澤所提出的，賠償鄭氏商船將近三萬白銀的賠償金額。

三年後，一艘艘高大如城的樓船出現於台江內海的外緣，如同銳利的刀鋒，朝向熱蘭遮城畫出了第一刀。

評審評語——

明末，鄭成功家族經營商船貿易用以養兵，在海上不時會面對荷蘭船隻的騷擾。〈平戶啼血〉便是以一六五七年越南崑崙島外海發生的布略克倫號劫掠事件為基礎發展而成的歷史小說。

小說由鄭氏商船遭荷蘭劫掠，鄭氏代表到日本長崎奉行所控訴開始，以幕府飭令荷蘭賠償損失並在日後不得對唐船劫掠告終，不但讓讀者了解日本奉行所的組織、荷蘭商船海盜行為、華人在日本經商面貌，更努力刻畫出故事主人翁如何與在地華人團結一心，以理、以智、以情贏得訴訟。

作者文字優美，敘事流暢，寫歷史事件也不忘細描風景人物兼及華人文化傳統。只可惜本篇是作者《海道》系列小說中的一篇，因此顯得格局較小，而對不熟悉整系列小說人物、背景、故事來龍去脈的讀者來說，在閱讀理解方面也會遭遇困難，是為不足。

——永樂多斯

獲獎感言——

感謝陪伴我的家人們，二〇二三年的暑假飛往九州，從鹿兒島、長崎到平戶，大航海的路程上先生與孩子們陪著我一面說故事一面行走過踏查的土地，記得五天中九州下起了豪大雨，雨中平戶的荷蘭商館、長崎奉行所的海水鹽味伴隨著長崎蛋糕的甜味，還有武雄溫泉的溫熱水氣氣息（當然少不了第一名的牛肉便當），將滿天的星月縫紉於床邊，你們永遠是我最愛最愛的夥伴。

回程後女兒對我說此次踏查的過程對於她的歷史課大有進益，真棒。

佳作

第十三屆全球華文文學星雲獎

短篇歷史小說

海上生明月

王筠婷
文字工作者，馬來西亞國家博物館義工導覽，待業中

學歷——

基因學博士

經歷——

花蹤文學獎（二〇一三）小說首獎
馬來西亞星雲文學獎（二〇一二）少年小說首獎
馬鳴菩薩文學獎（二〇一五）小說首獎
曾在大樹出版社、大將出版社出版數本小說，並在不同平台（普門雜誌、星洲日報、中國報、大腳印與佛教文摘發表文章）

海上生明月

序

海生和眾村民站在臨時搭建起來的架子上，合力將主要的椿木一寸一寸的埋進土裡，椿木牢牢地在此生了根，它在海洋上漂游這十年，飽受強風，如今決定屹立於此地。這是屋子最重要的頂梁柱，往後會像一棵雨林裡的擎天大樹那樣，撐起許多橫梁，開枝散葉。

擺放在一邊的木材，也是源自於這船，來自弧形的船頭，它們原本被牢牢地釘在一起，像對合作無間的雙掌，以破竹之勢劈開了多少個浪頭，又耐住了多少時間的捶打，協力無間乘風破浪的這些年，最終還是放了手。只是抵不住的習性，如今即便已經拆開，那無法再度掰直的弧度，是它們本來就有的骨風。如今它們轉換了身分，成為了梁上為主人遮風擋雨的支架。

海生的屋逐漸成形，可是沒有人比海生更清楚，他們原來的樣子。

紅頭船

這些木板此時剛剛離開孕育了它們數百年的森林，像群初出茅廬的年輕小伙子。剛剛被晒乾了身上任何會造成腐蝕條件的水分。由於這船身、船頭和船底必須由一塊木板一氣呵成無縫接軌，舉凡船上主要的支架，都是來自同一棵大樹，像十根同宗的手指，更像是倔強的十兄弟，才能讓船行駛得遙遠。

明朝商貿船靠岸構想圖。筆者攝於：馬來西亞沙登華人博物館

船頭是最難成型的工程，堅硬如鋼鐵的木頭像脖子被上了繩索的倔強小伙子，另一端有四個壯丁，劊子手一樣的無情，使勁地將這些往下拉，硬生生地拉出一個弧度，再來固定。

「這步驟很重要啊。這船是要出大海，一開始航行就是好幾個月。船頭可是吃浪頭的主軸，必須夠尖銳，又得不透水，才能劈開浪潮而不受太多力，同時又可以推動船隻。行船啊，這水力和風力，缺一不可。」

微張著那忠厚的唇，海生呆呆地看著父親，想要發問卻不知道自己該從哪裡問起。那年他十二歲，父親在他對歲那年離家，當了快十年的船員，如今終於可以有自己的一艘船。

父親對這個海洋的了解更勝這家；可海生，他對於這海洋、這船，還有父親，皆陌生。

「來，上來，我帶你看這個。」

父親彷彿將這些日子自己不在家教育兒子的空缺，全在此刻用單向的對話填滿，他先是用身教，對著兒子展示了他對船的熱忱，再說著只有他自己才聽懂的道理。

當時工人還在給船身底部髹上厚厚的防水漆，父親帶著海生登上依然未失去自己顏色的甲板上，指向高聳的中央桅杆，原木製造，和船頭一樣，前世也是森林裡某棵高聳的大樹，即便已經轉世成為了付託厚重帆布的杆，海生依然可以想像它曾經在森林是如何俯瞰眺望這森林裡熱熱鬧鬧的眾生，愈發顯得它此刻的落寞。

「這是整艘船的魂，除了像脊椎撐起整個船的重量，也承接風力，瞭望台是航行時發亮的眼睛。如果說剛才你看到的船頭是一把尖刃，這桅杆就是在海上漂行的翼。這船就像鳥，船頭是破浪的喙；桅杆是雙翅膀。」

父親說著說著，自得其樂地笑了，那一口稀疏的黃牙是他長期海上航行的代價，海上的糧食從缺，其中又數蔬果最為稀缺，才不過十年光景，父親已經老得像耄耋老人。父親無視那看起來很醜陋的笑容，手舞足蹈的反而像個孩子。

海生瞇著眼望著桅杆的頂端，彷彿在望著長長的，召喚他同行的臂彎。

海生想像不到自己有日可以登上這桅杆，用炯炯有神的眼神望向天地一色的遠方。像隻暫時停歇的老鷹，在毫無東南西北之分的汪洋尋找目的地相關的信號，或獵物。海上的生活不會隨意將錨錨在一個定點上，所以東西南北不斷更換，頭上沒有保護用的瓦，任風任雨都要一飲而盡。這是海生為畢生做出最重要的決定之一。

海生望了望身後開始模糊的青山和大地，再望一望地上一桶一桶紅色的，熱辣辣的漆，望著即將下海的船。船非常龐大，比他的家大上太多，

「這是船，也是我們的家。」

如果不是沒有了家，海生或許不會離開福州。嚴格來說，那不是海生的家，那是母親的新家。海生從來不屬於哪一家。

母親在父親第二次出海的翌年就改嫁了。其實父親第一次短暫出海後有回來一次，那年父親沒有漂很遠，數月後順著季候風依約回來了，還帶來了不少漂亮的異國玩意兒，只是，耐心已經被眼淚洗得一乾二淨的母親，狠狠地和父親吵了一架。原本想用漂亮物件來換取妻子芳心和諒解的父親，一氣之下離開。等候下一趟季候風的父親，在接下來的那幾個月索性把船當家，在修船廠留宿，學補洞，學打磨，就是不要給快破掉的家修繕。父親再度出海的那一天，母親拉著海生偷偷的到了海邊，他矮，視野都被其他大人的頭擋住，也未曾離開過母親的臂彎。太陽正猛，風也很大，他犯睏，趴在母親的脖子旁，後來他的臉

被濕答答的水沾濕，不是海風也不是雨水，是母親的眼淚。

母親離開了碼頭，轉頭就往另一個男人的家走去。

母親嫁給了一個無子嗣的鰥夫，男子姓葉，家底頗優渥，難得的是家人不嫌棄這位活寡婦，將她名字納入族譜，母親肚皮也爭氣，相續地為此男人添丁弄瓦，地位牢實了，先散葉爾後生了根。海生和四個不同姓氏的弟弟妹妹相處一塊，不算疏離，反正大家都管他叫阿兄，倒是細心的他看得出分別。「阿兄」，不過是比弟妹們多長了幾年，力氣比較大，可以幫忙家務，應付弟妹所有任性要求的身分而已。所以，葉家這位不姓葉的阿兄很好使，從廚房、灶神之下的活兒，到大廳神台下的事兒，甚至是宗祠裡，清理燈芯，填香油等等工作，海生都會做。然而，宗祠和家裡有什麼祭祖的活動，被提著去進行儀式的是他那年僅四歲的弟弟。

海生盡心伺候家神，縱然他知道，名字沒有被納入族譜，家神未必會保護他。

葉家的眾家神應該不會對他陌生，只是，認不認他為葉家人，是另一回事。儘管如此，海生依然默默地為家人和家神服務，或許有朝一日，就會得到眾神的庇佑了，於是他汲汲營營，對葉家盡心盡力，從一個祭祖儀式，用心到另一個祭祖儀式，直到父親回來。那一年新年祭祖儀式，狠狠地戳破了海生朝著家神求庇佑的夢想。

海生有隻很要好的黑嘴小黃狗，幾乎與海生同一年進入葉家。小黃狗和海生如影隨行，即便海生到後山去砍燒飯用的柴枝，還是拔野菜獵個小動物，小黃狗彷彿充當他的導航，屁顛屁顛的在前頭跑，遇到好玩的，或是危險的事，必定會回頭通知海生；要是面敵，還會出盡奶力，狂吠著保護主人。基於一種互補的信任，海生有拿到什麼好吃的，也會給小黃狗分一半。

那年的新年，葉家的大人不懂何故竟然選了小黃狗替代羊羔，成為了祭祖的牲口。小黃狗被挑中的前一天，脖子上繫了一根紅繩，討個吉利直到被宰殺的那一刻。從未繫上任何束縛的小黃狗當然不依，拼命地將嘴巴往脖子戳，想要摘掉這根生了根的死亡印記，黃狗通性，他當然知道吉利紅繩的另一端繫在死神手上。真的知道自己不行了，便哀求海生。海生哪裡有能力幫助擺脫這束縛？他連自己的束縛也擺脫不了，在這裡他就連掉眼淚說疼的權利都沒有。海生那兩天逃避式的不想待在家，儘管在外採集和忙活，掛燈籠、刷窗子、木工還是什麼辛勞活兒都幹，就是避開進入廚房——他不忍見到昨日還生蹦活跳的伴，如今被開胸膛腹攤在灶君之下，摘了內臟，脫了血，等待烘烤。祭祖儀式開始，他眼神儘量避開已經脫了魂的小黃狗，那雙已經被替換上玻璃珠的眼睛呆呆地望著海生。他那站在前排的大弟突然好像發現了神台上出列的眾祭品，竟然有他熟悉的動物，指著它捧腹哈哈大笑。媽媽只是拉了一下他的衣襟要他收斂些，並沒有認真責罵。這一切發生只有那短短的十秒鐘，鬧哄哄的氣氛馬上又被下一個儀式而轉移了大家的視線。只是，海生剛好看到了這一切。

穿戴整齊的海生，不過像是過年過節當日才被主人稍微厚待的家丁；小黃狗離開之前不也是被細心地打扮，海生心裡明了，他的命運和小黃狗沒什麼不同，他脖子也是繫上一根看不見的紅繩，是自己從外頭走進來的，皆是自來犬，即便貢獻再大，也是外來者。那次新年後，在葉家的海生變得沉默寡言，謹言慎行，善觀大人的眼色、弟妹的需求。後來懂得聽風浪判風向的本事大概就是在這家裡練出來的。雖然，他知道，父親不會那麼認為。

「果然把你帶出海是正確的事，葉家那裡沒有你的事了，你是屬於大海的，果然有我的真傳啊！」

是父親用揚起的帆，為他解開這命運紅繩。

父親第二次靠岸，得知母親改嫁一事，臉上沒有一絲失望，神情甚至還有一點卸下重擔之色。下一個季候風父親瀟灑地再次出海，又被季候風刮了回來，第三次靠岸。只是這一次，他的目的只有長大的海生。他客氣地登門拜訪，向葉家家長要求帶走海生；生母當然沒有反對，臉上甚至有一點卸下重擔的愉悅，善於察言觀色的海生怎麼不懂，用什麼方式離開這個家，即便是不是跟著父親去討海，都不會有任何一人過問，更別說反對了。這次，輪到海生臉上有一點點卸下重擔的微表情了，卸下的還包括葉姓這枷鎖。

一場討海之旅，是三個人的解脫。

海生趁著元月出海，雖然是正月，但是早在來自西北的海風還沒有開始狂刮的冬季，海生拎著不多的家當，搬到生父那裡，跟著生父在學補船和拉帆。年三十晚，他和有點陌生的生父兩人安靜的吃著團圓飯，沒有三牲，沒有當季豐收的蔬果，更沒有喜慶的裝飾，然而這頓飯海生吃得安然，劈劈啪啪的鞭炮聲四處作響，從今年起，葉家的祭祖儀式已經不關他的事，因為他已經不需要尋求祂們的保護。

海生永遠記得他第一次下海的那天，正月初十。

那日還是倔強不肯彎曲的船頭木板，如今已經繫上威風凜凜的紅領帶，被鬆上紅色的船，所謂的紅頭船，是商船，海上好辨認。父親說得對，這桅杆上的帆雖然很重要，但是，船頭的弧度，才是乘風破浪的關鍵。

或許父親也說對了，海生是屬於大海的。海生時常坐在桅杆半空那小小的瞭望台，對著永遠海天同一色的海洋發呆。他剛剛過了屬於自己的第一個龍年，他出生那年是龍年，無感，逐日算起，海生不過是養在葉家水缸裡的小水蛇，非要到了另一個本命年，才能見如此浩瀚的景色。所有的日出日落，對他來說，都是獨一無二的氣象，是開了眼界，每個時段的風速，每滴由風帶來的露水、雨水甚至海水，都千變萬化，沒有一刻相同。

正月十五那天，海生在海上看到了一輪明月緩緩地升起，像個隨意被潑了紅漆的圓盤，好大一個，他喚父親來看，父親說這是狼月。

「狼月？狼見到會嚎？」

「或許是吧。但是，高山上見到的狼月和大海上的狼月不同。大海上見到的狼月是親切的彷彿可以被接近，實際上，任何可以見到月亮的海夜，比沒有月亮可以追隨的海夜，來的安定。看到月亮，就看到了方向。」

月亮，是船員的引領，海生牢牢地記實了。

海上的海生既沒有狗，也沒有狼作伴。大海是鮮少看到生物的世界，會呼吸的只有偶爾會冒出水面換氣的鯨魚或者海豚，海底的世界當然很精彩，海上的世界，只有海生和父親，還有幾位待他如親侄的船員。

起初離開海面的那幾個月，不時會見到海鳥，風勢穩定的時候，會在甲板上停歇覓食。偶爾海生帶著一顆橘子到甲板，在上頭吃了一半，另一半，連同果皮和種子，餵食那些相互不畏懼的海鳥。海生望著被吞進海鳥肚子的種子，偶爾會想，這些種子終將在哪裡著陸？它們會被帶到什麼地方開枝散葉呢？

海生在這一刻想起那條被犧牲掉的小黃狗，同樣也是和他曾經命運共存的生命，同樣的共食一份食物，只是過後各奔未知的方向，為祖先奉獻的小黃狗希望能被葉家的眾家神庇佑，到更好的地方投胎吧！只是，別做狗了。

小黃狗的去向不明，種子的去向也不明，但是，海生的方向，永遠朝南。

葡萄牙的商船，也可用作打戰。筆者攝於：馬來西亞國家博物館

海上之花巴特拉船舶

連日來，海生都不知道父親的船會將自己帶往哪裡。他不敢問，因為父親閃爍的眼神，看起來好像也不太確定。直到有一日，父親指著前方慢慢變大的小白點，興奮地問：

「你看見了嗎？海生，告訴我你看見了。」

海生未及欣賞父親猶如裂開的鐘乳石岩洞那樣的笑容，同步追尋了父親指向的地方，是的，海生也看見了，一尊立在山上的女神像，如慈母等待歸來的兒郎，以俯瞰的方式望著所有遠漂而來的船隻。

「只有見到此神像，你才能把心安下，知道自己到了峴港。」

海生從遠處就看見有十二張帆的商船，一艘一艘像褐色的天鵝高貴的駛過，趨前一看，才發現都是船身比他們的長一半以上的大船，船上白色的帆印著紅色的標誌，是洋文，海生不明白這些卷在一起的字什麼意思。

「越來越多巴特拉船了。」資深船員阿洋伯對父親說，那個原本像是被醃的脫水的臉如今更是皺褶滿布。

「可不是嗎？這海是大的，也是大家的。」

「巴特拉有大炮，其他的船沒有。」

「除了大炮也應該有從西方帶來新奇的東西吧？」

「這裡換了新王是吧？」

「待會兒讓阿順去探探新局勢如何。」

「他們該不會對商船怎樣吧？」

「我們可是有在這裡吃喝拉撒繳足金幣的。」

這兩個男人說著海生聽不懂的政治，雖然他聽得明白，卻一個字也不明白，就好像他明明看到了很多海員，卻都是他不認識的樣子。和船的造型如出一轍，巴特拉大船上每個海員都高頭大馬，紅鬚綠眼，堅挺的鼻子，他們說話很大聲，肆無忌憚的把聽不懂他們語言的人都排在外；盯著你的時候，又不懷好意的像個鎖定獵物的鷹。

近看的峴港很熱鬧，但也暗藏玄機。

水來土掩。海員本來就是把命交給流動大海的人。即便前方風向未明，明顯的，再多的不明因素，生意來往和順才是平和天下的要素。靠近峴港一些，船員們的心情大好，看來安心的不只是父親一人，「這次一帆風順，我們能夠停泊一個好位子，還能趕上過幾天的市集。」

雖說早，但是這裡也停泊不少的船隻。有個像是港口看管員的人流利地說著不同的語言，包括中文和粵語，撐著小舟前來跟父親打招呼。

「哪裡來？」

「中國福州。」

此人轉頭跟船夫說了幾句話，用海生聽不懂的語言，然後他示意要父親的船跟著。

「條例好像改了，沒以前那麼自由。」

「這稅收不懂如何。」

入鄉隨俗。再霸氣的大船此刻也得任幾艘小船，遛狗一樣的找了個地方給海生的船安了錨。只見父親和船員在靠岸後，先是帶著一些金幣，到碼頭處辦了一些文件，父親掏出幾個，算了算又多掏出幾個。有個名叫阿順的船員在船頭著急張望，文件一辦好就急不可待的下船，剩下兩個年輕一點的船員看守船上的貨物。父親背著一袋的東西，拎著海生上了岸。

這是海生幾個月以來第一次踏足大陸，搖搖晃晃的好不踏實。

平日在大宅院裡，偶爾跟著大人到市集的海生在峴港是開了眼界。再怎樣琳琅滿目的市集也沒有這裡這般精彩。這裡的人說著各種海生聽不懂的語言，每個人的穿戴都不一樣，尋找的買賣目的也不同，雖然說屬於商貿船的買賣市集還有幾日才開始，但是，港口一帶已經開始看見一個個的棚搭建起來，買賣伊始，場面已經開始熱了起來，也開始看見有些人在搶灘，高頭大馬的巴特拉船員總占盡優勢。

父親先是帶了海生到廟裡上香。這廟就在港口顯眼的地方，有些頭上纏著布，皮膚黝黑的商人在石頭上印刻卷成一團的符號。父親過去跟他們搭訕幾句，海生聽不清楚，只聽見重複被提起的巴特拉。

「他們是獅子國來的商賈，來還願的，來時遇到幾艘開戰中的巴特拉，他們成功的在沒有被殃及池魚的情況下避開，所以感恩神明眷顧。」父親一邊到廟祝處添香油，一邊跟海生解釋，「海生你懂嗎，你出世前我第一次來到這裡，在這裡求了一張籤，是上上籤，說我會有一顆福星在海上照明。海生你就是那顆福星，我海上的福星。你看，一路平順，你真的是我的福星……」

父親說到最後，已經進入喃喃自語的境界，原來父親有意思的把福星帶回來這裡還神願，他拎著海生跪在偌大的媽祖神像前，唸唸有詞，好像外頭那些把想對神明說的話刻在石板上一樣的傾囊，父親把一肚子的話都對媽祖說。海生大概聽懂父親「介紹」海生給這裡的神明「認識」，神色莊重如同尋求一族酋長的眷顧。海生抬頭仰望這裡的守護神，慈眉善目凝視著他微笑。海生在福州伺候神明多時，也未曾見有誰對他微笑，望見這笑容，海生頓時也安下了心來。

原來四海之處皆有神明。

拜別了廟裡的裊裊香火，父親捎上海生回到離港口不遠處一個小攤子吃麵，麵攤由一對夫婦打點，妻子負責打麵和燙麵，整張臉被蒸得通紅，白色通透平扁的麵條，澆上湯汁，撒點蔥花，雖然簡單，但是暖暖的麵條慰藉了這陣子只啃醃菜和麵包度日的海生。吃完麵，海生隨著父親再鑽進某個從外看起來是窮巷但是裡頭有個像不過隨意打了一個洞的店鋪，店頭不大，父親一鑽進去坐下，就已經擠滿了空間，海生只能坐在台階上，盯著眼前精緻的貨品看，這裡有形狀奇怪的燈罩，五顏六色的珠子，還有看起來就很暖的毛毯，色彩雖然黯淡卻繽紛得奪目。店家裡的老人家樣子更奇怪，眉毛鼻梁下都是鬍子，下巴的白色鬍子雖然稀疏，卻很長很長，最長的鬍子碰到了肚臍，戴著一頂圓圓的帽子。和父親一樣，老人家的牙齒也是稀稀疏疏的，兩人並非初相識，老人家一見到父親出現，馬上站起來，隔著物件來個擁抱，老闆雖然說著口音怪誕，詞句儼然已經重組的異國中文，但父親也好像每一句都能聽懂。

「Salam。」

「Salam。我盼著那天，等著上蒼刮風把你吹過來呢。」

「我來了呀。帶著我的兒子前來了呢。」

「願上蒼保佑你的兒子。給媽祖畫押了嗎？」

「那就要看他的造化了。」

寒暄一番才開始做生意，看來這兩個男人之間的友誼勝過一切利益。父親用來自福州的橘子、食材、藥材和絲綢交換了兩人均認為等價的商品。長袖善舞的父親讓在旁的海生頓時也神氣起來。海生突然覺得母親應該只是見到岸上烏雲密布的父親，而未曾見過此刻的他談笑風生，字字珠璣的模樣。海生也開始明白，為何父親在母親的嘴裡是那種——陰晴不定，痴狂和任性集於一身的那種男人。身為船員，所有的希望和情緒都交托給大海，在大海上沒有朋友，也不會有朋友。

「這個香料，叫乳香。」老闆攤開手掌亮出像一顆一顆晶瑩剔透的「石塊」問父親，「可以冒出好煙，直衝上天。拜神用，和女人歡好的時候也可以用，要麼？」

「我沒有神，如今連女人也丟了。」

父親一臉委屈也沒有秒速回答，兩個男人哈哈大笑起來。

「上蒼沒有給你女人，卻給了你一片海洋；你沒有戒掉的，是大海般的欲望。」

「看來你的日子挺安好啊，無欲無求。」

「上蒼的旨意。上蒼恩賜多少就吃多少，也吃不了那麼多。」

「巴特拉帶來貨物多嗎？」

「來討的，比帶來的多，這就是欲望。」

「這大海又要不平靜了嗎？」

「一片海洋不能有太多的欲望，也不能有太多的巴特拉。」

巴特拉到底是人還是船？是男人還是女人？還是乳香要祭拜的神？看來，除了政治，還有許多海生聽不明白的，屬於大人之間的對話內容。

商品不是貢品，必須等價交換，這是商道；經商之道，必須忍住欲望。

「老闆來自很遠很遠的西方。老舵手啦，一路往東，從紅海航行去獅子國、再從獅子國航行到馬六甲，然後去了古蘭丹（吉蘭丹的舊名），現在再也回不去家鄉了。我們是一起登上剛才你見到的巴特拉商船，飛速地從古蘭丹啟航。

來到了這裡，過後我往北繼續航行，老闆就留在這裡，說著只有他才懂的閃語，和各族人做生意。我喜歡和他交易，他沒有奇奇怪怪的鬼點子，是位很相信神的閃族。」離開後，父親才跟兒子介紹自己的朋友。

「閃族？」海生還是第一次聽這名詞，不過，聰明的他早就從披著淡色長袍，穿著和其他人不一樣的老闆，猜到不同。

「閃族人只信奉一個神，非常誠意，一天膜拜他們的神數次。他們的神有他們自己的空間，因此你不會在廟宇裡看到閃族人的神。」

不管閃族的神如何，海生可以看出來老闆如何將神放在心上。然而海生對老闆那句誠懇的——願上蒼保佑你的兒子，這句祝福覺得感動。有時候，人的寬容，是願意為對方祈禱，祝願自己的神庇佑自己，一併連非我族也保佑，即便此人沒有祭拜我的神。

除了閃族和閃族的神，海生還在這裡認識了巴特拉大船。

巴特拉大船少說也有九張大大面的帆，比海生的船足足多了六個，這些帆在港口的海風吹奏下像舞動裙擺的舞女，豪不收斂的展示舞姿群起爭豔，難怪也有人稱巴特拉為「海上的花」（Flor de la mar）。只是乍聽之下的柔弱，現實中，她們剛毅的劈開了許多海洋，飄洋過海來到了這裡，化身成為妖嬈的女娘，看是乖巧無害，更像是蓄勢待發。

如果說媽祖是駐守在岸邊一尊如如不動的參天女神，那麼，一排一排擠滿碼頭的巴特拉大船像是在女神前挑釁，耀武揚威的新晉小女神，格格不入卻個性乖張，誘惑來往的商賈，要他們轉舵，修改信仰和崇拜對象。

也難怪巴特拉可以將人從極遠的西方吹過來。船長五百呎，寬一百呎，船上樓高三層，可以容納一百個船員，還可以裝很多很多的商品。可是，海生怎麼看，也不覺得這些船只是善意的尋找對等的交易，船上還有幾尊大炮，父親指著船的肚子處，有幾個開著小窗口的地方，說這裡埋大炮。海生覺得這些窗口像是閉上眼睛睡著的雌性海獸，不是不想挑起事端，只是暫時不發威而已。

巴特拉在海面上一挺，就是驕奢淫逸，就是氣勢磅礴。

「今年好像比往年多了許多巴特拉船呢。」父親重複著靠岸前阿洋伯對他說的話，就連表情也如同阿洋伯的那樣，皺成梅菜乾。其實父親和阿洋伯想著一樣的事，只是沒有說出口。

「這風刮得有點猛，也有點邪，看來，我們得儘快啟程了。」

海生聽不清楚，父親說的風向，是「斜」還是「邪」。

隔日父親和其他叔伯船員到市集做買賣，父親只拿了五分之一的貨物下船交易，還有許多好看的陶瓷藏在船底。看來，峴港並非父親主要的目的地，海生有點失望，他還以為峴港這裡是落腳的地方了，他還蠻喜歡這裡的，這裡夠精彩熱鬧，縱然妖嬈。

啟程的那一天，父親神色有異，眉頭上烏雲密布，要儘快離開這港口那樣，氣沖沖的，卻又不發一言。

「阿順伯呢？」

紅頭船開始漂離峴港，海生點算一下人頭，發現少了一個。海生問，父親一臉沉重，完全不想回答，是阿洋伯呵呵大笑的給海生提供答案。

「阿順被妖豔賤貨巴特拉挖走了啦。人家是要跟著巴特拉去馬六甲的，咱們小船他看不上啦。」

阿洋伯煞有其事的望著身後那些披上純白襯衣，那些他口中是妖豔賤貨的巴特拉船，還有留在岸上的阿順伯，語帶調侃地說。

「馬六甲哪裡？很遠的嗎？」

「啜，遠！還能不遠？比我們要去的古蘭丹還遠，坐船要幾個月坐到屁股都爛掉，翻山越嶺要幾天，磨得膝蓋都會破，還處處有危險，海上會被武吉士吞掉，攀山會被馬來亞虎抓走。船是很美，好像無所不能，但可以很邪惡，海生你千萬別隨意跟隨啊。」

阿洋伯最後一句話是說給父親聽的。

海生終於知道巴特拉給父親帶來的損失了。航海中，每個船員都有自己的任務，每個船員都珍貴，少了一個人，就像撤走一張帆那樣，少的都是船的羽毛。只是跟著身教學習的海生，瞬間被升了級，他是父親的紅頭船那根定海神針一樣的存在，海生其實不知道，父親帶著海生出海，猶如帶著不會背叛他的希望。

然而，孩子就是孩子，海生沒有察覺自己的肩膀上多了幾顆砝碼一樣的責任，他腦海裡有許多問號，馬六甲、古蘭丹、武吉士、老虎……海生把每個新名詞都聽清楚，原本想多問幾句，甚至還想去看看。但是，看見父親臉色轉陰，就收聲，學習察看天色。航海的事，從來沒有哪一樁是可以敲板定案，就好像這浪，才說她平和，未幾又開始掀高，把紅頭船一拋一拋的，可是父親已經鎖定了前方，什麼也不理。峴港已經擠滿了巴特拉，像是霎時間圍上數不清的欲望蝗蟲啃噬著的碼頭。峴港已經開始變成父親不認識的地方，他當然也不想多逗留。

19 世紀被記載為吉蘭丹皇族禮儀船，沿用自古代接待外國使者。筆者攝於馬來西亞國家博物館

金華舟

海生的紅頭船再順著往南吹的方向揚帆，只是這迎著風的桅杆撐得有點辛苦，不得不借風勢。從峴港採購的物品，父親將不帶重量的絲綢都送走，換回來好些食糧和仿製中國的陶瓷器，沉甸甸的，這些貨物，除了要拿去古蘭丹做貿易外，另一個理由，是讓這船有一定的負荷，不能太輕。離峴港越遠，海上就不再見到小船，都是三千石以上的

大船，偶爾會見到一些巴特拉大船，海生一直盯著它們腰身那些緊閉的窗口；像他們這種中小型的商船，沒有武器裝備，最好不能漂得太遠，或者和巴特拉比鄰而行，一定要沿著海岸線。

小型的船，只要一離開了剛剛由阮氏皇朝占領的南越國，就得打起精神。海生愈發理解父親在交換物品時候的智慧。船身負載要剛剛好，太重的話，趕不上在風勢結束前抵達港口；太輕，過不了這驚濤駭浪。因此每批上下的貨物，都需要酌量。不管海岸線多長，還是會有結束的那一個點。離開南越國最南端這尖尖地形的海灣，就是南中國海和阿瑜陀耶大城海域交界處，浪濤不絕，一刻都平和不得。沉甸甸的船身，被浪拋得再高，也能穩穩的釘牢海面，雖然這桅杆像是不能安眠的牙齒，磨得「嘎嘎」作響。

離開了南越的幾天，父親幾乎沒有睡覺，一直站在舵前，不是依據浪式移動船舵，另一位船員則在船尾控制平衡。海生的工作就是在船頭和船尾來回跑動帶話，或者帶食物。除了簡單指令，父親不發一言，海生也只能通過身教學習大海的語言。這個時候最好別下雨，不然海生得冒雨來回兩頭，這寒風這雨水滲入皮膚組織之下，直叫海生瑟瑟發抖。

終於渡過了大浪，海浪逐漸不再和紅色的船頭硬碰，濺起的浪花也不再有兩米高，累壞的浪像個苟延殘喘的擱淺魚，只是在船身吐出泡沫。父親臉上也好像被陽光照著，發著亮光，看來，古蘭丹比峴港這驛站，更是父親所期待的靠岸。

滿懷期待的海生並無見著在峴港那樣的繁忙景色，這裡都是小船，或者稍大一點，開往深海捕魚的漁船，沒有囂張的巴特拉，紅頭船在此處是受歡迎的，有些見到了他們的船，舉手示意；父親也舉手回禮。這時候，父親已經將大帆都降下，任由海浪緩緩的讓這把龜甲卸下的大船往岸邊推。沒有碼頭主人照顧，也沒有小船牽著走，紅頭船像是個熟門熟路的歸家壯年。父親必須把大船開得小心翼翼，才能避開這些船，往南部的大泥港開去。

快要靠近港口，海生看見幾艘船身稍大，金光閃閃的船，正離開港口，這

金華，金箔銀花，每三年上貢一次當時的保護者，暹羅。筆者攝於馬來西亞國家博物館

船沒有要出海的意思，只是沿著海岸線一直往北開。船上有些樂師在吹鼓，想要奏出喜悅，卻黔驢技窮，和歡騰有點違和。

海生眼睛一直盯著這船，父親猜到了他的意思，沒等海生發問，就率先解釋：

「這船是往阿瑜陀耶的方向去，船上載著都是要俸給大城皇宮裡的貢品。」

海生瞥見船裡有裝飾得漂漂亮亮的物品，中間還有一棵金花。可是，除了物品，海生還看見穿戴整齊的少女在船上，妝容雖好，只是她們全部沒有笑意，有一個年紀小的，忍不住眼淚，頻頻望向身後的岸邊，最前那個顯然是大家的領頭，一臉倔強，不甘屈服，卻也不願回頭。幾個衣著單薄的女生在瑟瑟發抖，諷刺地將身上的飾物抖得「瑯璫作響」。

海生原以為會見到媽祖那樣的女神立在此處，好像峴港那樣的媽祖保護著人民。原來保佑的神不在這裡，而貢品是前往神的方向嗎？可是這提供保護的一方，為何威懾得讓受保護的人會瑟瑟發抖？

「這些女孩不回來了嗎？」

「要回來就要看自己的造化，可她們還想要回到一個遺棄自己的家嗎？」

海生沉默了，「棄」就一定是帶著恨意嗎？與其說不回來，會不會是因為在這個新的地方找到了更好的事？離家不是壞事，只是未經自己的同意；兇狠的海浪對岸，或許不完全是豺狼猛獸。

會不會，也有人像海生那樣，前面的方向或許能夠提供他身後的家鄉無法提供的溫暖。

縱然，不安還是會讓人瑟瑟發抖。在海上漂泊數週的海生，歷經了無數的浪，早就已經被風吹熟了，北邊的景色已經開始模糊，這裡天氣雖熱，但是陽光明媚，椰林樹影，雖然沒有峴港的繁忙光景，然而不時聽見祈禱聲，回教的、佛教的祈禱聲，海生聽見都覺得舒心。

「這裡住著兩族人。本土的馬來人和暹羅人。那些有錢有權的暹羅人，他們只在北部這個範圍，南部有一點暹羅人，很多早已經散了，留下的也不會住在這裡。在這裡通常都是稍貧困的暹羅人。馬來人和暹羅人沒有什麼來往，只有在有需要的時候，比如看病，才會過去。大家雖然甚少互動，卻相安無事。大家在自己的地上耕種，過著簡單的生活。只要有一座佛塔，一些僧侶，就有信眾，也形成一個社區。」

「他們也信神？也是閃族人？」

父親大笑了，他好像忘記了海生才在不久前離開故鄉見世面。

「吶，那邊山腳的，那些高起來的屋子，裡面住的是馬來人，有有錢的，也有窮人，他們信神，也只有一個神，到底是不是跟閃族的神一樣我就不清楚；那邊隆起來的建築叫佛塔，是暹羅人的村落。這裡的佛塔還很多，越是到了南部，就越少了。」

海生仔細聆聽，順道觀察他們的穿著打扮和生活作息——實際上，如果他們沒開口，海生也無法看出來兩個族群之間的差異。峴港那裡，每個人步伐和動作是迅速的；這裡的人，每個步伐都像是優雅的舞步。他們不管男女都穿著「裙子」（後來海生才懂這叫「沙龍」）只能以緩慢的碎步行動。的確，他們不是閃族人，他們的衣服和裝扮，和閃族不同，也不見留鬍子的男人。

「這裡的人好像很開心。」

「無欲無求的日子當然開心。」

父親不假思索的回答，但是海生知道，父親並不理解他真正的意思。他所感覺到的開心，是一種無法形容的氛圍，和峴港，甚至是福州空氣裡瀰漫一種會叫人綳緊的情況不同。父親在此地的神色，又和峴港那裡不太相同，這裡，父親神色多了一份親切。總而言之，離開了家，他都在認識父親，從陌生的一個男人，不同季節轉換不同風景的男人。

海生的紅頭船，從最北的岸開始一個碼頭一個碼頭地開，每停泊一次，船上的貨品就稍有不同。海生留意到，父親有意思的把來自峴港的一些好玩的物品，比如青銅製的器具，白底藍花紋的瓷碗，各類陶瓷器，還有五顏六色的珠子壓在艙底。偶爾有商賈問父親還有什麼好看的東西嗎？父親都搖手說沒啦，就那麼多。海生偷偷地問父親，父親說，那是留給最後一站——古蘭丹。

做生意要有生意的道德，那一岸總有比這裡更綠的天地，把所有的寶貝都在這裡攤開了，如果遇到更值得交換的，那豈不是沒了所有的注碼？

靠岸後的父親，好像也不急著要交換商品，實際上，跟著父親的船那麼久，海生從來不知道父親等待的是什麼。非要來到最後一站，海生才知道，父親等待交換的物件，是椰子。

椰子是這裡才有的產物，它的種子不像柑橘，從來不靠人不靠動物移植或開枝散葉，它們靠的是果實獨特的結構，從最南部的海灘，一直飄洋過海往北漂向暹羅、猛錫，也有往西漂的。此物在中國是罕見，因為耐收，所以可以帶回福州做買賣，只是，椰子必須，也只能在啟程前才採購。

海生隨後跟著父親走訪了沿海地帶許多椰林，巡視椰子生長和採集狀況，跟椰林老闆談論價錢，或者把從峴港帶回來，剩下最後最好的那些物件來這裡做買賣和交換。只是，經商的氛圍是緊繃的，父親不見和閃族老闆交易時候的輕易，雖然這些屬於馬來族的老闆園主們和眉善目，但是談到節骨眼上，大家的語氣還是嚴肅的。

「海勢順風？」

「是順，但是也多了很多船隻，有些紅頭，有些不是。」

「是武吉士船嗎？」

「巴特拉很多；武吉士我不確定，不過海上真的多了很多漂亮的船。」

「倘若我沒猜錯是武吉士了。」
「這幾個月的漲退潮還順意？」
「去年底是有幾次潮汐大漲，但椰子沒壞。只是沒有工作，猴兒們都渴了。」
「那就好。祝你椰子大收。」
「承蒙真主旨意和眷顧。也祝你回途風調雨順。」
海生的父親和園主們的對話內容來來去去就這幾句，他報告海上狀況，園主們報告收割狀況。然而，善於察言觀色的海生聽出來裡頭的資訊輸送，誰也不占誰的便宜，誰也沒有虧損。父親得到了他想知道的市場走向，也知道這裡多了很多武吉士，是禍是福還不知道；園主也知道市場的流動狀況，也知道許多巴特拉在海上蠢蠢欲動，到底還要不要在進貢時候尋求軍事保護。
「這些巴特拉來自的國家，也收金華舟嗎？」
「巴特拉哪裡需要金華舟？他們一個大砲一響，全部人就跪下；他們哪裡需要金華舟把金子銀子送過去？他們親自來，一點一點地採，想幾時拿就幾時拿，想拿多少就拿多少。」

海生不說話了，他望向這裡的大海，彷彿感應到，這海浪的平伏，並非偶然。這裡在峴港和馬六甲之間的古蘭丹，到底會不會也被巴特拉覬覦？收下金華舟的暹羅人，會像神一樣的出現，依約地保護這裡嗎？

航行多日的紅頭船，在古蘭丹這裡總算卸下笨重的帆，像隻把翅膀放下歇息的鳥，父親和船員也趁這空檔檢查船隻，修補那些抵不住浪潮而破損的坑洞。

此處彷如父親另一個家，他也毫不畏懼海生這次靠岸會遭遇什麼樣的壞人般，任海生自由探索，反正，這船那麼大，大得藏不住，大得海生倘若疲憊還是迷路必會望得見。所以靠岸的海生總是可以自由地在海邊走動，累了才回船上休息。大部分的時間，海生都是自由行走的。海生毫無目的的沿著海岸走，吹向陸地的海風給他帶來若隱若現的音樂，長笛聲吹奏一組幾個音符的音樂，背後有柔柔的鼓聲助陣。他追尋著聲音的方向，來到了一座金色尖塔的寶塔佛寺，佛寺旁有個亭子，音樂的源頭就在此，一靠近了也就聽見許多人聲，說的

馬諾拉舞者頭冠。筆者攝於馬來西亞國家博物館

都是他聽不懂的語言，看來幾乎整座村落的人都集聚在此了。亭子中心站著一排一排的高矮不一的少年和小孩，有些打赤膊，有些還是小小孩，大家都在跳著同樣的舞步，顯然的是前面幾排站著熟練的舞者，動作笨拙的在後方。大家誰也沒有嘲笑誰，也不會指點誰，眾人目光同樣都投向中間台上的老師。海生怎麼知道他是老師呢？因為全場也只有這位老師頭上戴著一個尖尖的冠飾，而且，他也是全場舞姿最好

的那位，散發的自信雷同頭上穩穩的冠，不管怎麼扭動身軀和頭部，依然如如不動。

冠飾上的吊飾讓海生聯想起不久前看見的，那艘把少女載走的船隻，也是這樣的金光閃閃，意氣風發。

「馬諾拉。」身旁有個暹羅人阿姨突然對他說，指了指這些舞者，意思說，他們跳的舞蹈叫馬諾拉。

這舞姿太好看，海生沒想太多，原本覺得自己身處異地的尷尬和突兀感覺都消散，很快就融進這敲擊和笛聲裡頭。海生先是熟悉了這節奏，未幾就已經完好投入馬諾拉舞蹈動作內，開始跟隨節奏搖頭擺腦起來。這舞蹈沒需要太多的移動，所以每個舞蹈員和學徒只占小小的空間，就地揮灑。舞蹈運用了大腿的彈跳功能，還有就是用手腕帶動手指的扭動，往外翻的陽剛中帶著柔美，像鳥正踢動牠優美的爪子。這姿態有點新鮮，海生不自禁的跟著揮動起來。

正投入之際，手臂突然被人戳了一下，轉頭一看，是個年紀和身型都比他小的少女，朝著他嫣然一笑，跟他說了一句話，語言不通的兩人，海生沒有回應，但也毫無防備對著她報以微笑。少女見他呆呆的，笑得更燦爛了，顯然海生聽不懂，她就以行動表達，少女拉著他的手腕，把他帶到舞池，站在最後那一排。海生一陣害臊，身旁的女生笑靨如花，沒有理會別人的目光，把目光盯著老師，兀自學習老師的舞步，跳了起來，海生發現他很快就不是大家注意力的焦點，舞池裡的舞者專注的跳著舞。

背景單調卻優雅的音樂有著攝人的魅力，海生也跟著移動腳步和手腕，跟著跳了起來，瞬間化身成為漂亮的鳥，正優雅的踢動爪子，或張開翅膀。

就這樣跳了一頓飯的時間，音樂戛然而止，未曾發聲的老師朝大家說了幾句話，舞者好像從舞蹈咒語排陣中釋放了那樣，各自有移動的方向。海生下意識的望著少女，少女同時也望著她，還是一貫的笑靨。海生望著眼前的這一幕，驚奇一樣得以完好的融入。實際上，打從聞音樂起舞的那一刻起，音波和旋律彷彿已經在海生全身的細胞打了一個印，不起任何排斥，這和峴港那裡的氛圍不同。海生彷彿認了這裡的水土。

正當海生不懂該說些什麼，這時，有個帶著點嬰兒肥的可愛孩子，跑來少女身邊，也不管身上滴下的汗水多臭，一股腦兒地抱著少女的腰。

「Nong cai。」雖然海生不明白，但是從少女關愛的眼神，海生知道小孩是他弟弟。「十歲。我十三。你呢？」

海生一時反應不過來，航海的這些日子，海上沒有日曆，他也忘了自己過了生日沒有，他攤開手掌，捏了幾根手指，越算越亂，最後索性將手指一根一根的闔起來，慢慢算他在海上航行的時間，從狼月開始算起，算算自己見了幾輪明月。

少女越是見他反應緩慢若呆，越是笑得開懷。

「你住哪裡？」

「我剛剛坐船到。」說到「船」，海生用剛才已經跳舞熱身的手腕做出海浪的動作，小男孩好像有興趣，跟姊姊說了一句。姊姊低頭回答，是溫柔地拒絕。

後來海生才懂，男孩是被遴選成為馬諾拉的舞者，即將到廟宇出家靜修，出關後就能正式戴上舞冠成為馬諾拉舞者。少女拒絕弟弟去看船，不是因為不相信眼前的陌生人，而是因為男孩要進廟裡修行，今天必須陪伴媽媽多一點。

這裡的馬諾拉舞者並非無時無刻都在跳舞，剛才聚集在亭子裡的居民，如今各自回到自己的崗位。弟弟回到家當乖寶寶，馬諾拉老師摘下華冠把褲腳捲起來下田去，女人回到灶旁，為客人為家人生火燒飯。

縱然如此，這裡的人們臉上都帶著淡淡的微笑，像極了這裡的陽光，十個小時，毫不吝嗇的明亮。不管是一場舞蹈，還是和少女的交流，都是溫暖而舒服的。他說中文，混兩句父親教導，和他沿著海岸學習到的馬來文；少女則說著流利的暹羅語，也說馬來語，還有肢體語言，彼此做出最誠懇的溝通。

「你們為什麼馬諾拉？」海生擺出幾個他剛才學會的姿勢。

「大節日時候跳給神看。告訴神，承蒙祂的庇佑，我們很安好。能跳舞的孩子，都是神眷顧的孩子。」

「是跳給祂看嗎？」海生指了指一尊偌大的，立在佛塔旁的一尊佛像——這裡的佛像和故鄉所見到的廟宇裡佛像不同，家鄉的佛，都是用香火薰著，圓潤豐腴，穩坐如安定的泰山，俯瞰芸芸眾生；這裡的佛削瘦，腰身顯窄，姿態也各異，有站著有躺著，廟裡有，戶外也有，依據不同眾生的需要而展現不同的樣子。

少女沒有回答，只是咕咕地掩著嘴笑，彷彿他問了一個很可愛的問題。有點失禮，但不失可愛。

「那是佛，不是神；佛已經擺脫了輪迴，是我們學習的目標，嚮往的對象；神是我們世間無時無刻需要交流的神。和佛不一樣，這裡每一處都有神明，每一個物件，都有我們尊敬的神。」

這裡的神真多。原來佛和神不同啊？他剛才看到了奉獻用的金華舟，也是為神明送上貢品的嗎？

「馬諾拉是會保護人的神？」

「馬諾拉是來自天上的鳥神，祂下凡的時候被人間的王子抓住了，王子收了馬諾拉的翅膀，回不去了，馬諾拉也和王子相愛著。有日有個妒忌馬諾拉的人造謠詆毀馬諾拉，並且要把祂給燒死，聰明的馬諾拉和王子要求索回祂的翅膀，並在臨刑前跳最後一次的舞。王子允准了，馬諾拉在為王子跳了最後一次的舞蹈後，就飛上天了。王子懊悔莫及。」

「因為想念而跳舞。」

「都有。心有不安、愧疚、慌恐、懺悔、許願……就會跳舞。」

海生又認識了一個神。這尊神和他聽過的故事裡頭稍有不同，馬諾拉曾經和凡人相愛，非常接近人間，而且還帶著點悲劇，就是這麼的接地氣變得更加能夠撫慰凡人的心。要不是也跟著跳了一場奉獻神的舞蹈，他也無法見證舞者的心情，奉獻是心甘情願的快樂的，像抬頭對著溫暖的陽光報以微笑。

「我們跳舞給神看的時候，你會在嗎？」少女的眼中迸出亮光。

「幾時？」

「你看到這個圓圓的月亮？」

海生點點頭。

少女先是想了想要怎麼說，她讓海生攤開手掌，神色凝重，像是交代一件很重要的事那樣，將他的手指一根一根闔起來，為海生數著他們要見面的日子。

Neng —— song —— sam —— see ——

少女的溫度通過海生的掌心傳達，海生的四根手指都闔了起來，只剩下一根尾指，少女伸出自己的尾指，和他打了一個勾。海生怯懦的將手抽走，縮在身後，變成一個拳頭，海生沒能確定能不能抓住這個承諾。這些日子討海習慣了無常，事事已經不是他能說如何就如何。少女見狀，也不說些什麼，轉身就離開。

風勢開始轉變，父親用椰子填滿船裡的空間後，就往北方開。

那個晚上特別安靜，甲板上的海生只聽到自己的呼吸，船隻拖著一輪明月穩穩運行。

船頭雕有鳥狀 Raja Bota 的漁艇。筆者攝於：馬來西亞國家博物館

Neng——

躺著的海生對著圓圓的月亮攤開第一根手指。皎潔的月色讓他對少女許下的承諾顯得蒼白。他始終沒有依約為相信愛情的馬諾拉跳一場舞。

波塔大王漁艇

這船一靠岸，就要等四個月到半年才能再刮一陣風，把船吹到原地。

海生這時明白了父親的心情。再強大的思念也無法逆風而行，所以，只好放手。母親改嫁是對的，海生出海也是對的，畢竟，海上無定點漂流的日子，不適合母親，也不適合任何女人，更不適合任何想要追求安穩的人。

可是，海生啊，你要找些什麼樣的人生？

這些日子，他認識了許多新事物，新的人，新的神，就是還沒有認識自己。海生儘量不去想自己的安穩，他逐漸和父親成為了一體。他看見此刻的父親，就是未來的自己。

父親依然將同一個路線再走一遍，仍舊沒有在峴港多做逗留。父親寧願在古蘭丹磨時間。重新回到古蘭丹，海生對這裡已經變得逐漸熟悉。每天會在日出之前來到這個海灘，聽風測浪，美麗的日出和帶著豐厚捕獲的漁船，就是他枯燥等待另一陣風刮起來的日子裡小小的慰藉。

再次回到古蘭丹，海生開始欣賞這裡的漁船。

這裡的漁船沒有帆，也不會很大，因為它們不需要開往深海。淺海的漁貨豐富，漁夫們也不貪心，只要捕捉了一定的數量，有時候故意把網弄得大一點，放走了小魚，只要裝滿漁船，就把船開回來。海岸旁除了有魚商等候，還有覓食的海鳥，以及漁夫的家人們。大大小小的人們，開開心心地把船拖上岸。

海生原本有距離的觀望著他們，彷彿他們的笑語與自己無關。馬來族和暹羅族有點不同，暹羅族每踏一步都彷彿踩著輕鬆的舞步，他們說的話，每個語音落下之處，是溫柔的，把聲音按下來的禮貌；馬來族舉手投足都是藝術，每個細節都不會過於拘謹地完成，隨心所欲的，在不失禮貌之下表達自己。

暹羅人和馬來人都是好客的族群。休息著的漁夫散落海岸各個角落，有些修補漁網，有些隨地而坐看著海閒聊。看見了落單的海生，都會邀請他過來，與他們共享檳榔荖葉。

「Makan-lah sirih。」

海生望著捧到面前，裝著不同材料的小小圓型鐵盒，不懂如何下手。年紀最大的那位漁夫見狀，逐次在他面前演練一遍，要海生跟隨每個步驟，有點像馬諾拉舞者的老師，在前引領著，沒有過多言語和教條，只以身示範，跟得上就跟，跟不上的話……反正跟多幾次之後，也就懂了。懂了，多練幾遍，也就熟悉了。

於是在嘗試了幾次之後，海生懂得怎麼把檳榔和一些磨成粉的豆蔻、肉桂等香料，伴著石灰，用荖葉包好，不需要太小心翼翼地把這些混合物送進嘴巴裡。第一口辛辣難擋，舌頭是一口的澀味，黏黏膩膩的，海生想要吐出來，但卻覺得有點失禮。

「再等等，」漁夫說著簡單的馬來語，一邊咀嚼著，一邊用手勢要他繼續咀嚼。

海生只好依言，一股香氣從鼻腔湧入，刺激了他的嗅覺神經，嗆得他整個眼窩都感覺到這股甘味，舌頭被黏液弄得發麻，咀嚼的技術不到家，吞了幾口苦澀的黏液略顯窘態。他見到漁夫將口腔裡帶著泡泡和黏液的混合物吐出，咧開一嘴紅色的，稀稀疏疏的牙齒。見到眾人都把嘴巴裡的東西吐出來，他才別過臉去，把嘴巴裡的東西吐出來。

大家咧開嘴一笑。現在，大家的顏色都一樣了。

雷同上回來和一群陌生人共同跳了一支馬諾拉舞蹈的感覺，吃了幾口苦葉的海生像是吞了翻譯神器，海生聽懂了他們的語言，和他們聊了起來。

「你們的船很美。」

海生在海邊蹓躂了那麼久，早就留意到各自獨特的漁艇船頭。不像需要上紅漆的大帆船統一的辨別身分，每隻艇有自己的彩色組合。

「它們名字不同喔。那個叫『kolek』。」

漁夫指著一個船頭長得有點像海豚，尾巴尖尖的船。

「那個，那個叫『bedar』。」

漁夫指著另一個船身稍大，四平八穩，中間杵著一根帆的船。

「Itu？」海生學習用馬來語，他果然有父親的真傳。「Saya suka itu。」

海生最喜歡的其實是船頭非常不一樣的小舟，這舟身只長十五十六呎，只載上兩個在海上相依為命的漁夫。船的美在於它們形狀獨特的船頭，像禽，海上的它們真帥。

「Sekoci。」

Se-Ko-Ci，海生記了起來。

Sekoci船頭有個像鳥但又並非鳥的雕像。說它像鳥，是因為船頭有個尖尖的雕塑，牢固的硬角像個勢必要把風敲破的硬角；說它不是鳥，因為沒有鳥像它這般頂著大大的冠——這冠的形狀和馬諾拉舞者頭上的冠不同，這鳥冠很低調，只有幾個突出的尖角，但從側面來看還真的像個劍指大海的傲氣之物。

「Itu apa？」簡單地問，「Burung？」海生像是揮動翅膀那樣揮動雙臂。

「Raja Bota。」

海生愣了半晌，他蠻以為漁夫會說出什麼動物的名字，沒想到不是，如果海生的語言庫可靠的話，「Raja」是王。這明顯是動物，不是人。

「這是神嗎？」

「是神，也不是神。神無處不在，只要有空間的地方，就有神。神可以居住於任何空間，例如這座山脈，裡頭的森林，森林裡某一棵樹，甚至是一顆如如不動的石頭，神局限於某個地點，某個神聖的地點。但是神也可以化身，如果神有意願要這麼做的話，祂可以化身成為一隻鳥、一條魚、一陣風、一層浪。只要神有這個意願，任何時空都能夠出現。」

海生記得少女告訴他，這裡有佛，還有很多神，看來少女說的是對的，神無處不在。只是，這神到底是一個？還是能夠同時用不同的化身出現？海生開始將他所認識的神，拼圖似把全部的線索湊起來。

「Raja Bota 需要牲口祭奉膜拜？」

「神不食人間煙火。」

「Raja Bota 需要立碑立像？」

「神並非偶像。」

「Raja Bota 會無時無刻被人掛念？」

「心裡有神，就是掛念。」

「Raja Bota 需要收金華來保佑海上的每一艘船？」

「神不需要金華。」

「Raja Bota 需要人跳舞給祂看？」

「不是每個神都愛跳舞。」

「Raja Bota 是怎麼樣的一尊神？」

漁夫被海生連環且刁鑽的提問弄懵了。沒多久，他用一口參差不齊，紅色印記還未褪去的牙齒，吟唱了一首美麗的古詩。

Melayang sampai di kaki gunung
Gunung pertapaan si raja bota

Siapa lagi hendak direnung
Di mana tempat bercermin mata

（船兒飄蕩到了山腳
大王波塔在山裡修鍊
誰要被祂好好眷顧
先明察洞悉此世間）

「這什麼意思啊？」海生不厭其煩地問。

「老祖宗傳下來。」老漁夫聳肩輕鬆作答。

「大王、神明、山，都是偉大的。最好別問那麼多，用心地做，誠心地祈禱。祂們的宏偉如山一樣龐大，你漂得再遠，只要看到這山，你就知道已經回到了祂的懷抱，你已回家。」

除了需要後人祀奉的家神，俯瞰大海的媽祖，以及閃族老人無時無刻放在心上的神，原來還有法力無邊的鳥神，以及這為漁夫護航的鳥神。祂們可以呼風喚雨揮動翅膀；可以召喚無數浪潮，也可以撫平浮躁的浪花，慈悲地保護著討海的人們，不管有沒有對等交換的物件。

不南下，海生也不知道，這個世間原來有那麼多的神。

海生再一次遇到波塔大王，是村落裡的皮影戲，波塔大王是主角，不過跟他想像出來的神明有點落差，海生一度以為，傲氣凜然如鳥一樣的大物，威力足以威懾大海，並用祂的金翅膀保護芸芸眾生。這通過光和影的皮影戲，即便只是影子，也看得出說的是波塔大王的故事。

海生開始相信「神無處不在」的說法了，更讓他覺得神奇的是，在這地方，好像只要他一認識一位神，少女就會出現。這一回，是他一眼把少女給認出來了。

少女沒有因為他爽約馬諾拉舞蹈的事心生嫌隙，反而很開心邀請他坐在她身邊，跟她共用一張草蓆看皮影戲。皮影戲的背景音樂主要還是有用木琴、鼓和鑼敲擊，配合說故事者達郎的獨特唱腔，即便聽不懂內容，也能看懂這用彩色繪出來的光和影背後的故事。

「波塔？」海生指著站在中間表演的主角，對少女說。

「是，也不是。」

於是少女像是同步翻譯機器，達郎唱什麼，她就說什麼；達郎演了兩個故事，少女就跟海生說了兩個故事。

故事一的波塔大王是個法力無邊的夜鶯。祂用檀香木製造了名叫珍德納的妻子，祂們生下了三個孩子。波塔大王發現兩個兒子是珍德納分別和太陽神和月亮神偷情的孩子，雷霆大怒之下把兩個兒子變成了猴子；痛失愛兒的珍德納也詛咒了祂們的女兒變成了石頭。

故事二的波塔大王是住在天上的惡魔。一直以來都覬覦著 Berembun 神妻子 Andang 的美色，祂曾發誓，如果可以誘惑到 Andang，即便被貶落凡間也在所不惜。有一日，祂化身成為 Berembun，成功的誘惑了 Andang。縱然行徑可惡，但是如願的祂自甘下凡。被羞辱的 Andang 傷心欲絕，掉落凡間；同樣也覺得被羞辱的 Berembun 也放棄神的身分，下了凡。

「是這樣子的嗎？神怎麼還會做出這樣齷齪的事來？」

不忠、偷情、仿冒、誘姦、傷害無辜和弱小……一點都不像海生認識的神。

「神是神，祂們的任務是專注修行，過程中或許可以獲得某些法力，但不代表祂們就是圓滿的。祂們還是有欲望的，而且還會讓欲望給控制了自己。馬諾拉想要愛情；波塔大王想挑戰愛情，這都是我們抵擋不過的修行關卡。」

「我不喜歡這些故事，我不相信。你呢，你喜歡這兩個波塔大王的故事嗎？」

「我寧願相信那些達郎沒有告訴我們的故事。故事一，犯下大錯的波塔大王懊悔不已，因此化身成為了夜間為航海員歌唱指引方向的夜鶯；第二個故事的波塔大王對於 Andang 的堅貞和掉落凡間的事深感愧疚，因此化身成為堅固的船，到處尋找她的下落。」

對於少女天馬行空的想法，硬是要把波塔大王美化成為航海員的良伴，海生忍不住「噗哧」一聲笑了出來；少女的心意沒有被解讀，臉刷地一聲紅通通的，害羞的她起身就要離開。

「等等。你什麼時候還會來看皮影戲啊？」

少女凝視著海生，嘴角捏緊，憋了一肚子的，那些被海生背棄的委屈終於在此刻想起。她望了望兩人頭頂上的圓月，這回她不願意抓起海生的手，只是掰開自己的手指，一根一根地算：

Neng —— song —— sam ——

只是，這次算到三，少女不發一言的跑掉了。

海生沒有追，他沒有這個勇氣，入夜時分他還是回到父親和大船的身邊。海生終將還是在皮影戲後的那一輪明月升起的那個晚上離開港口。相比上一次，海生這一次更加頻密的回頭望著古蘭丹了。海邊的漁艇還有它們的波塔大王船頭早已不見，反而這大山久久未從海生的視覺上消失。波塔大王到底是不是像少女所說的那樣，為了贖罪滯留人間，並幫助航海員解決難關，還是誠如漁夫所說，無處不在的神此刻在山上靜靜地俯瞰海上的船隻？

如果山上有隻擁有金剛明眸的大鵬鳥，祂此刻必定會目送這紅頭船緩緩的離開，祂會詛咒不守諾言的海生？還是會賜他一趟順風旅程，祝福他早日修鍊成功回來和少女團聚？

一股難過像他吃過的 sirih，湧上他的鼻腔，原來不捨的感覺是如此，感覺上海生把一根錨遺留在陸地了，再怎麼也拔不上來，錨用鏈拉著，另一端綁在海生的脖子上。再怎麼大的風勢，船也無法像過往那樣，利索的航行。

對不起，波塔大王，如果我猥褻了祢對眾生的情感。

「誰要被祂好好眷顧／先看清楚這世間」。海生突然明白了這首詩的意思。海生不確定他自己是否已經將這個世界看清楚，才能繼續探索神的世界。

Song ——

海生對著圓月再次將緊握的拳頭攤開，這次掰開了兩根。

滿者伯夷時期穿梭在群島的小船，因為輕巧，時常成為牽引大船的小船。
筆者攝於：馬來西亞國家博物館

皎潔的月光再次狠狠地打在他的手上，愈發蒼白無力，像是他對著神的誓言，快要褪色。

海生這才想起，他忘了問少女的名字。

不要是珍德納，也不要是Andang。他也不想成為波塔。

菲尼斯帆船

海生站在父親之前站著的位子，抓著這木把已經被父親磨成光滑的舵，學習理解父親無時無刻給他留下的教學印記。他盯著前方的樣子，那剪影不知不覺已經全然的取代了父親。

這片海域始終無法平靜下來，除了越來越多蠶食著一片海域的巴特拉，海生還見到許多屬於武吉士族的菲尼斯帆船。父親沒有跟他說有關菲尼斯帆船的事，是少女告訴他的。

「你有聽過武吉士帆船的傳說嗎？」

那也是一個月圓日，雨季已經過去，高漲的河水淙淙流向大海，正是一個安好的水燈節。少女親手製作了兩個水燈——是插著蠟燭的蓮花形狀的小船，一個給了海生，一個給自己。水燈獻了給河神之後，兩人坐在河邊，看著一艘一艘的承載著祈願和祝福的紙船流向大海。靜默的兩人都在對著河神許願。

船上的燭火，像極了在桅杆上飄揚的帆，隨波逐流尋找河神，把自己的心願傾囊。海上漂泊了這麼久，海生通常都沒敢對太遠的未來有任何憧憬，他只要翻過一個海浪，就是一個海浪，就是完滿，他是此刻河上的船，終將也要往大海奔去。海生不敢奢望陸地上的美麗事物。

少女突如其來安靜地說著菲尼斯的故事。

「武吉士族原本不會造船，一切因為一個叫加丁的海員。加丁愛上岸上的武吉士女子，承諾和她結婚。但是他獲神明的指示，必須到南部的群島尋找即便枯萎也會散發香氣的花，有人說這是一個誘惑，有人說這只是傳說，沒有東西是死了還能飄散香氣，加丁必會遭到誘惑。加丁雖然內心害怕，但是他還是深深被遠方，這腐朽的美麗而吸引，於是精心打造了一個可以漂到很遠很遠的船隻，也就是菲尼斯帆船。這帆船從河慢慢的漂出海，他祈求河神，如果他不回來，就會讓海浪把船隻的碎片帶到女子的身邊。加丁出海後，女子每天都在海邊徘徊，不時低頭看著自己腳下的浪花，等候愛人給她的記號。」

這個故事比他聽過的任何一個都長。海生想快點知道結局，但是，月彷彿想安靜的把故事說完，海生就根據她的節奏，安靜地聆聽。

「有一天，海上漂來了不明船隻的桅杆和木板，龍骨則漂到女子的身邊，輕輕地拍打著愛人的腳踝，女子傷心欲絕，河神聽見了她的傷心，將她變成了一棵白色的樹，站在河口和大海交界處沼澤之地，面對著大海。這樹的皮像是傷心剝落的一顆心，趨前，你可以嗅到淡淡的，卻會讓你掉淚的香氣。也有一個傳說是河神讓加丁回來了，他還成功的找到了乾枯的丁香花苞，插在愛人的腮邊，兩人成婚，因為兩人的愛感動了河神，河神於是賦予加丁造船的能力，並傳承下來。」

海生這次沒有問問題，因為他知道，這個故事或許是少女編的，因為裡頭有自己。

「你還會回來嗎？」

果然，少女問了一個海生一直不想正視的問題。

少女低著頭問，在月光下她握著拳，緩慢地掰開自己的手指。這次，她只掰開兩根，然後，把自己的拇指關起來，剩下食指，悠悠地說：

「還有一年，我就要嫁人了。」

兩人靜靜地看著承擔著兩個人願望的水燈，船上的燈火搖搖欲墜。

兩人一起承擔同一個願望還好，怕是一個人獨自承受。此刻的海生承載著一切，感覺原來是如此的難受。

浩瀚的大海只有海生一人掌舵，船尾沒有誰人幫忙控制方向，他必須獨自一人完成這橫跨南越以南海洋的航行。他謹記父親教導過的事，很多父親告訴過他的事，如果不是親自操作，他還以為自己真的懂了。父親肉身還在，實際上他已經不在。此刻彌留之際的父親在後艙，他無法陪伴到最後，幸得一名佛教僧侶陪伴，他只要把船好好地開就好。

這一次的航海，父親的健康大不如前。父親也好像知道自己時日無多，在峴港的最後一次，他好好的安排所有的事，比如將船員都遣散了。阿洋伯很不放心只有父子倆繼續航行，於是建議他們不如跟其他人一樣，在峴港落腳，把船賣了，然後讓海生拿了錢做些小生意。

「不。我要去古蘭丹。我要葬在那裡。」氣若游絲的父親，堅定的明志。

父親指向哪裡，他就往哪裡去。反正，當初父親把他給拉出海，他就一定跟從父親直到最後一刻，然而，在得知父親的最終目的地是古蘭丹，他內心還是開心的，但也帶著淡淡的傷感，他不確定少女的那根手指，關起來了沒有。

父親也特意去見了他閃族的朋友做最後的道別。

「朋友，下一道風刮起的時候，你不會再見到我。」

「願上蒼保佑你到你想要的道上。上蒼賜給你的，必定是你所需，比如你的兒子。」

「可是如果可以，我不願意他像我那樣。」

「上蒼知道怎麼做，他也知道該怎麼做。」

如往常一樣，坐在門口階梯的海生像是看戲那樣，沒有加入兩人的對話，即便兩人說著自己。他未曾從父親口中聽見任何有關感情的事，有關母親的，甚至有關自己的，父親都不曾透露。如今還是通過觀看父親和一個外人的對話，知道父親對自己的願望。

父親都在為自己安排。像個修鍊中的神，在能量耗盡的那一刻，都在為祂想保護的對象竭盡全力。

「那你們至少帶多一人上船吧。」阿洋伯還是不放心偌大的紅頭船只有兩個船員，而且這船來往這些年，已經老舊。

於是，父親決定把一位連日站在碼頭，尋求順風船南下的佛教僧人請上船。這位僧人話不多，頻頻的合十，僧人來自北方，從廣州搭船來到南越，希望前往南部繼續行程，直到佛國。

父親內心清楚這或許是紅頭船最後一次出海，感覺上將自己畢生積攢都投在海生身上，不再做買賣，因為也不需要回來，父親沒有在峴港散掉他從福州帶來的貨物，反而還從峴港添置好多日常所需，他還帶了很多橘子，要海生帶到古蘭丹去耕種。

「我們從南方帶了許多椰子到北方；必須也用北方的橘子交換。萬物的資源，所有的生態，因為等價交換，才能平衡。不能一味的索取，也不要只是追逐自己的欲望。」

這應該算是父親留給他最後一個遺言了，父親要這些橘子在古蘭丹生根。離開了南越的海岸線，浪潮逐漸顛簸，虛弱的父親已經食不下咽；僧人成日在父親側旁，打坐和誦經。海生打從心裡覺得邀請僧人上船是對的決定。聽見僧人誦經的引磬聲，再顛簸的浪，也能在須臾之間尋求安穩，即便真的不幸命喪大海，也有僧人可以超度。海生相信父親也會如此，早就已經將生命給大海畫押。

眾神或許可以保護他，但是自求安穩的力量還是要靠自己。

僧人來到船長室，跟海生報告說，他的父親，像躺在搖籃安穩睡著那樣，安詳地走了。

「父親去了哪裡？他會化身成一條魚嗎？還是會變成推波助瀾的那陣風。」海生語氣帶傷感，沒有哭，因為眼睛必須要盯著前方，他無暇擦眼淚。

「不管你父親在哪裡，他會繼續他的修行。」

「父親也能跟神一樣的修行嗎？」

「只要想修行，誰都可以修行。」

「人和神在一樣的空間修行嗎？」

「只要想修行，哪裡都可以修行。」

「什麼是修行呢？」

「把一件事情做好，做得完善，自己和別人都得到益處，就是修行。」

「這大海什麼都沒有，如何修行？」

「你就是在修行了。」

聽到這裡，海生愣住了，所有的思考在此刻戛然而止。那一瞬間，好像他認識的所有的神同時不見，他卻清楚祂們在哪裡。正想多問一句，突然來了一陣大浪，把紅頭船給拋了一個高，海生緊緊抓著舵盤，神色凝重；僧人沒有說話，微微一笑，眼觀鼻鼻觀心，注意呼吸，讓海生安心操控船隻。

少了父親的引導，海生的船有點迷失方向，越是往深海行駛，浪波就越高漲，海生的舵抖動得不停，海生有點擔心這老舊的桅杆最終會承受不了而斷裂，他儘量順著浪潮的式擺動，不與浪對衝，借力卸力。僧人依舊臉色平和，唱誦出柔和的梵音，海生一個字也聽不明白，但是這個音符好像控制了他的呼吸那樣，逐漸平穩。

海浪也逐漸平穩，或許該這麼說，海浪未曾平穩，平穩的只是海生的心情。只是經過了浪潮這麼一翻，海生有點迷失方向。

這時來了幾艘武吉士的菲尼斯帆船，船上的兩根直立式斜桁桅杆，七八張帆並非以懸掛方式揚起，而是以固定的方式，用桅杆拉出。因為這樣的控制方式，可以輕巧地在大海航行。

海生來不及欣賞這些船的美態，為首的一位武吉士航海員問他：

「去哪裡？」

「古蘭丹。」

海生蠻以為他們會上船大肆搜掠一番，沒想到他們只往船上瞅了一眼，看

見僧人還點一點頭，

「跟著我們吧！我們護送你到古蘭丹。」

突然之間海上多了幾艘菲尼斯船，前後圍著紅頭船，不徐不速地為海生導航。就這樣的走了幾個海里，海生已經看到古蘭丹的山脈了，為首的菲尼斯帆船船長尖銳地發出指令，其他的菲尼斯船轉了方向，尾隨著他們的領袖，揚長而去。

海生甚至沒有來得及問他們要不要金幣回報。

「他們也在修行。你剛不是問：這大海什麼都沒有，如何修行？」

僧人看著海生像是安撫一個受了驚嚇的海豚那樣，用錨和繩子將紅頭船固定在碼頭，看著他恭敬地把養育的父親遺體抱下船，才轉身離開。海生才發現他忘記跟僧人合十。他突然明白第一次在峴港的時候，在媽祖廟遇到做石雕的獅子國商人，一帆風順，從來不是輕而易舉的事。

「和尚，你的佛國，是這裡的佛嗎？」

「佛無處不在，修行的地方也一樣。」

僧人說完這一句，朝著海生合十作揖，轉身就離開。

再次回到古蘭丹，一切沒變，佛塔依然屹立，只是這次他真的一個人了。

海生抱著父親的遺體，走進佛寺。請寺廟裡的僧人幫父親誦經和火化。抱著父親的骨灰離開佛寺，天色向晚，海生不知該往哪裡走，他想找回馬諾拉，還是波塔大王，卻沒見到祂們。

海生不是曾經說過，有神的地方，少女就會出現嗎？

他再次遇到少女，這回少女沒有在熱熱鬧鬧的場景出現。她有點鬱鬱寡歡地坐在枯木上，卻又好像等候他已久，也像是完全忘記了他頻頻爽約，一臉平和。

「妳叫什麼名字。」海生終於想起他要問的問題。

「Dung」少女微笑的指了指月亮。

啊！原來少女名字是「月」。

「你看到那輪明月嗎?月為海而生;海為月而活。」海生望著少女說。

船屋

沒有人比海生更清楚,這屋子原來的樣子。

擺放在一邊的是原本紅色的木頭,它們曾經被牢牢地釘在一起,像對合作無間的雙掌。海生如今需要把它們拆開,因為,他已經找到牢牢和他牽成一對的那纖纖玉手。

椿木在眾人吃力情況下牢牢地釘在地上,彷彿生了根,它在海洋上漂游這十年,飽受強風,如今決定屹立於此地。海生想,父親用盡心思收購的椰子,它們的祖宗也是如此的吧?從南部開始,漫無目的地在海上漂游,遇到了合適的土地,以儲藏在內的所有養分轉化成為發芽的資糧,耗盡一切能量後,換得了像錨一樣釘在沙地上的根。

桅杆最終成為屋子最重要的頂梁柱，守護著他和月，他們渡過很多個圓月，像一棵雨林裡的擎天大樹那樣，開枝散葉。

海生的屋逐漸成形，可是沒有人比海生更清楚，它們原來的樣子。

評審評語——

海上絲綢之路是中國通往世界其他地區的海上通道及主要貿易路線，銜接東亞、西亞和歐洲，將世界不同的文明連結起來，對整個人類文明史產生重要影響。除了商貿，因為季風而留在馬六甲當地的商賈或海員，與當地女子通婚，形成大家熟知的峇峇娘惹文化，此外也還有許多荷蘭、葡萄牙甚至暹羅人的混血後裔。

本作奠基在此歷史基礎，以一個移民家庭的小歷史對照眾多華人的遷移史，寫父子親情，寫佛法修行，內容豐富，題材新穎，文字與結構到位，為讀者勾繪生活在吉蘭丹的移民面貌。也為這條海上絲路留下鮮明印記。

「海生的屋終於成形了，沒有人比海生更清楚它們原來的樣子。」是的，只有真正走過的人才清楚那行經的路徑。

——林黛嫚

獲獎感言——

佛化家庭和書香之家長大，自小得以耕耘文字和學習佛法。公考有報考華文的國中生，大學接連三個學位都在馬來西亞國民大學完成（碩士論文還是得依據校方要求以馬來文撰寫），同時也在國家油棕局和衛生部兩個政府部門工作過，所以，在秉持著自己的母語和文化同時，也有機會認識其他族群人士。常到東馬（婆羅洲）爬山和進行人文研究，加上剛剛完成培訓成為了國家博物館義工導覽，因此對東南亞文化和歷史產生了無法割捨的情感和熱愛。

全球華文文學星雲獎評議委員會

評議委員會——

主任委員——李瑞騰
委　　員——王潤華、何寄澎、林載爵、陳芳明、封德屏、釋妙凡

第一屆　初複審及決審委員——

【歷史小說】

初複審委員——朱嘉雯、吳鈞堯、淩明玉、歐宗智
決 審 委 員——林載爵、司馬中原、顏崑陽

第二屆

初複審及決審委員——

【報導文學】
初複審委員——心岱、陳銘磻、楊錦郁、楊樹清
決審委員——李瑞騰、馬西屏、楊渡

【人間佛教散文】
初複審委員——王盛弘、林少雯、歐銀釧、簡白
決審委員——何寄澎、黃碧端、渡也

【歷史小說】
初複審委員——朱嘉雯、吳鈞堯、童偉格、鍾文音
決審委員——陳芳明、顏崑陽、楊照

【報導文學】
初複審委員——心岱、李展平、張典婉、廖鴻基
決審委員——李瑞騰、楊渡、向陽

第三屆

初複審及決審委員——

【人間佛教散文】
初複審委員——楊錦郁、歐銀釧、鹿憶鹿、林文義
決 審 委 員——何寄澎、黃碧端、永樂多斯

【歷史小說】
初複審委員——朱嘉雯、何致和、林黛嫚、甘耀明
決 審 委 員——陳芳明、林載爵、楊照

【報導文學】
初複審委員——楊錦郁、張堂錡、廖鴻基、吳敏顯
決 審 委 員——李瑞騰、柯慶明、楊渡

【人間佛教散文】
初複審委員——吳鈞堯、王盛弘、李欣倫、石德華
決 審 委 員——何寄澎、黃碧端、簡政珍

第四屆

初複審及決審委員——

【歷史小說】
初複審委員——林黛嫚、何致和、甘耀明、鄭穎
決 審 委 員——陳芳明、林載爵、平路

【報導文學】
初複審委員——康原、張堂錡、楊錦郁、楊樹清
決 審 委 員——李瑞騰、林元輝、楊渡

【人間佛教散文】
初複審委員——王盛弘、李進文、孫梓評、方秋停
決 審 委 員——何寄澎、黃碧端、曾昭旭

第五屆

初複審及決審委員——

【歷史小說】
初複審委員——甘耀明、鄭穎、陳憲仁
決 審 委 員——林載爵、陳芳明、陳玉慧

第六屆

初複審及決審委員——

【報導文學】
初複審委員——楊錦郁、陳銘磻、廖鴻基
決 審 委 員——李瑞騰、楊渡、須文蔚

【人間佛教散文】
初複審委員——林少雯、楊宗翰、林淑貞、石曉楓
決 審 委 員——何寄澎、黃碧端、陳義芝

【歷史小說】
初複審委員——童偉格、吳鈞堯、甘耀明
決 審 委 員——陳芳明、陳雨航、平路

【報導文學】
初複審委員——楊錦郁、田運良、曾淑美
決 審 委 員——李瑞騰、林明德、劉克襄

第七屆

初複審及決審委員——

【人間佛教散文】

初複審委員——張輝誠、胡金倫、羅秀美、李儀婷
決 審 委 員——何寄澎、路寒袖、鍾怡雯

【歷史小說】

初複審委員——林黛嫚、何致和、鄭穎
決 審 委 員——陳芳明、廖輝英、陳耀昌

【報導文學】

初複審委員——楊錦郁、曾淑美、夏曼☒藍波安
決 審 委 員——李瑞騰、蔡詩萍、黃碧端

【人間佛教散文】

初複審委員——孫梓評、歐銀釧、羊憶玫、林文義
決 審 委 員——封德屏、蕭蕭、亮軒

第八屆

初複審及決審委員——

【人間禪詩】

初複審委員——楊宗翰、羅任玲、李進文、洪淑苓

決 審 委 員——何寄澎、許悔之、渡也

【歷史小說】

初複審委員——吳鈞堯、鍾文音、何致和

決 審 委 員——陳芳明、李金蓮、履彊

【報導文學】

初複審委員——廖鴻基、黃慧鳳、石曉楓

決 審 委 員——李瑞騰、向陽、羅智成

【人間佛教散文】

初複審委員——王盛弘、周昭翡、楊錦郁、林少雯

決 審 委 員——林載爵、渡也、周芬伶

第九屆

初複審及決審委員——

【人間禪詩】
初複審委員——李進文、曾淑美、陳政彥、葉莎
決 審 委 員——何寄澎、陳育虹、白靈

【長篇歷史小說】
初複審委員——朱嘉雯、吳鈞堯、簡白
決 審 委 員——陳芳明、陳玉慧、陳耀昌

【短篇歷史小說】
初複審委員——陳憲仁、方梓、鄭穎
決 審 委 員——蘇偉貞、陳雨航、甘耀明

【報導文學】
初複審委員——廖鴻基、神小風、葉連鵬
決 審 委 員——李瑞騰、須文蔚、阿潑

【人間佛教散文】
初複審委員——周昭翡、李時雍、孫梓評、李欣倫
決 審 委 員——顏崑陽、蕭麗華、鄭羽書

【人間禪詩】
初複審委員——方群、蕓朵、田運良、顧蕙倩
決 審 委 員——何寄澎、蕭蕭、路寒袖

【長篇歷史小說寫作計畫補助專案】
評 審 委 員——封德屏、宇文正、陳昌明、李育霖、履彊

第十屆

初複審及決審委員——

【長篇歷史小說】
初複審委員——方梓、廖志峰、簡白
決 審 委 員——陳芳明、平路、李育霖

【短篇歷史小說】

初複審委員——吳鈞堯、凌明玉、楊傑銘
決 審 委 員——林載爵、廖輝英、梅家玲

【報導文學】

初複審委員——吳敏顯、李時雍、何定照
決 審 委 員——李瑞騰、羅智成、劉克襄

【人間佛教散文】

初複審委員——李欣倫、翁翁、鄭順聰、彭樹君
決 審 委 員——侯吉諒、鄭羽書、徐國能

【人間禪詩】

初複審委員——林婉瑜、楊宗翰、曾淑美、陳允元
決 審 委 員——何寄澎、白靈、翁文嫻

【長篇歷史小說寫作計畫補助專案】

評 審 委 員——封德屏、履彊、林文義、易鵬、廖玉蕙

第十一屆　初複審及決審委員——

【長篇歷史小說】

初複審委員——簡白、林黛嫚、何致和

決 審 委 員——陳芳明、履彊、平路

【短篇歷史小說】

初複審委員——林俊穎、陳憲仁、應鳳凰

決 審 委 員——林載爵、廖輝英、蘇偉貞

【報導文學】

初複審委員——楊傑銘、歐銀釧、田運良

決 審 委 員——李瑞騰、顧玉玲、須文蔚

【人間佛教散文】

初複審委員——向鴻全、顏訥、彭樹君、李時雍

決 審 委 員——鍾怡雯、渡也、單德興

【人間禪詩】

初複審委員——顏艾琳、陳允元、李進文、羅任玲
決 審 委 員——何寄澎、許悔之、羅智成

【長篇歷史小說寫作計畫補助專案】
評 審 委 員——封德屏、林文義、王鈺婷、許榮哲、范銘如

第十二屆　初複審及決審委員——

【長篇歷史小說】
初複審委員——簡白、鄭穎、吳鈞堯
決 審 委 員——林載爵、朱嘉雯、甘耀明

【短篇歷史小說】
初複審委員——凌明玉、連明偉、何致和
決 審 委 員——陳芳明、林俊穎、周月英

【報導文學】
初複審委員——曾淑美、李時雍、神小風
決 審 委 員——李瑞騰、羅智成、須文蔚

【人間佛教散文】

初複審委員——王盛弘、周昭翡、簡文志、歐銀釧

決 審 委 員——顏崑陽、陳幸蕙、劉克襄

【人間禪詩】

初複審委員——顏艾琳、凌性傑、陳政彥、林婉瑜

決 審 委 員——何寄澎、陳義芝、路寒袖

【長篇歷史小說寫作計畫補助專案】

評 審 委 員——履彊、向陽、江寶釵、黃美娥、王鈺婷

第十三屆　初複審及決審委員——

【長篇歷史小說】

初複審委員——應鳳凰、簡白、方梓

決 審 委 員——蘇偉貞、何致和、履彊

【短篇歷史小說】

初複審委員——連明偉、楊富閔、吳鈞堯

決 審 委 員——林黛嫚、朱嘉雯、永樂多斯

【報導文學】
初複審委員——周昭翡、李時雍、房慧真
決 審 委 員——李瑞騰、廖鴻基、劉克襄

【人間佛教散文】
初複審委員——孫梓評、石德華、簡文志、李欣倫
決 審 委 員——何寄澎、廖玉蕙、鍾玲

【人間禪詩】
初複審委員——楊宗翰、李蘋芬、李長青、林婉瑜
決 審 委 員——蕭蕭、洪淑苓、向陽

【長篇歷史小說寫作計畫補助專案】
評 審 委 員——呂文翠、江寶釵、李育霖、胡金倫、張堂錡

國家圖書館出版品預行編目(CIP)資料

在我們這個時代 / 鮑家慶, 曾昭榕, 王筠婷著.
-- 初版. -- 高雄市 : 佛光文化事業有限公司,
2023.12
面 ; 公分. -- (第十三屆全球華文文學星雲獎短篇歷史小說得獎作品集)(藝文叢書 ; 8069)
ISBN 978-957-457-741-5(平裝)

863.57 112019483

第十三屆全球華文文學星雲獎
短篇歷史小說得獎作品集

在我們這個時代

作 者｜鮑家慶、曾昭榕、王筠婷

主 辦｜公益信託星雲大師教育基金
主 編｜李瑞騰

總 編 輯｜滿觀法師
責任編輯｜蔡清嘉
美術設計｜謝耀輝

出 版 者｜佛光文化事業有限公司
出版日期｜2023年12月初版一刷
印 刷｜中茂分色製版印刷事業股份有限公司
經 銷｜紅螞蟻圖書有限公司
(02)2795-3656

流 通 處｜
佛光山文化發行部
高雄市大樹區興田路153號
(07)656-1921#6664~6666
佛光山文教廣場
(07)656-1921#6102
佛陀紀念館四給塔
高雄市大樹區統嶺路1號
(07)656-1921#4140~4141
佛光山海內外別分院

創 辦 人｜星雲大師
發 行 人｜心培和尚
社 長｜滿觀法師

法律顧問｜毛英富律師、舒建中律師
登 記 證｜行政院新聞局版台省業字第862號

定價｜320元
ISBN｜978-957-457-741-5（平裝）
書系｜藝文叢書
書號｜8069

劃撥帳號｜18889448
戶 名｜佛光文化事業有限公司
服務專線｜
編輯部 (07)656-1921#1163~1168
發行部 (07)656-1921#6664~6666

佛光文化悅讀網｜
http://www.fgs.com.tw
佛光文化Facebook｜
https://www.facebook.com/fgsfgce